春天，你爽約嗎

曾美玲 著

李瑞騰 主編

獻給我的父親母親

【總序】
二〇二二，不忘初心

李瑞騰

　　一些寫詩的人集結成為一個團體，是為「詩社」。「一些」是多少？沒有一個地方有規範；寫詩的人簡稱「詩人」，沒有證照，當然更不是一種職業；集結是一個什麼樣的概念？通常是有人起心動念，時機成熟就發起了，找一些朋友來參加，他們之間或有情誼，也可能理念相近，可以互相切磋詩藝，有時聚會聊天，東家長西家短的，然後他們可能會想辦一份詩刊，作為公共平台，發表詩或者關於詩的意見，也開放給非社員投稿；看不順眼，或聽不下去，就可能論爭，有單挑，有打群架，總之熱鬧滾滾。

　　作為一個團體，詩社可能會有組織章程、同仁公約等，但也可能什麼都沒有，很多事說說也就決定了。因此就有人說，這是剛性的，那是柔性的；依我看，詩人

的團體，都是柔性的，當然程度是會有所差別的。

　　「台灣詩學季刊雜誌社」看起來是「雜誌社」，但其實是「詩社」，一開始辦了一個詩刊《台灣詩學季刊》（出了四十期），後來多發展出《吹鼓吹詩論壇》，原來的那個季刊就轉型成《台灣詩學學刊》。我曾說，這一社兩刊的形態，在台灣是沒有過的；這幾年，又致力於圖書出版，包括同仁詩集、選集、截句系列、詩論叢等，今年又增設「台灣詩學散文詩叢」。迄今為止總計已出版超過百本了。

　　根據白靈提供的資料，二〇二二年台灣詩學季刊雜誌社有八本書出版（另有蘇紹連主編的吹鼓吹詩人叢書二本），包括**截句詩系、同仁詩叢、台灣詩學論叢、散文詩叢等**，略述如下：

　　本社推行截句幾年，已往境外擴展，往更年輕的世代扎根，也更日常化、生活化了，今年只有一本漫漁的《剪風的聲音──漫漁截句選集》，我們很難視此為由盛轉衰，從詩社詩刊推動詩運的角度，這很正常，今年新設散文詩叢，顯示詩社推動散文詩的一點成果。

　　「散文詩」既非詩化散文，也不是散文化的詩，它將散文和詩融裁成體，一般來說，以事為主體，人物動

作構成詩意流動，極難界定。這一兩年，台灣詩學季刊除鼓勵散文詩創作以外，特重解讀、批評和系統理論的建立，如寧靜海和漫魚主編《波特萊爾，你做了什麼？──台灣詩學散文詩選》、陳政彥《七情七縱──台灣詩學散文詩解讀》、孟樊《用散文打拍子》三書，謹提供詩壇和學界參考。

「同仁詩叢」有李瑞騰《阿疼說》，選自臉書，作者說他原無意寫詩，但寫著寫著竟寫成了這冊「類詩集」，可以好好討論一下詩的邊界。詩人曾美玲，二〇一九年才出版她的第八本詩集《未來狂想曲》，很快又有了《春天，你爽約嗎》，包含「晨起聽巴哈」等八輯，其中作為書名的「春天，你爽約嗎」一輯，全寫疫情；「點燈」一輯則寫更多的災難。語含悲憫，有普世情懷。

「台灣詩學論叢」有二本：張皓棠《噪音：夏宇詩歌的媒介想像》、涂書瑋《比較詩學：兩岸戰後新詩的話語形構與美學生產》，為本社所辦第七屆現代詩學研究獎的得獎之作，有理論基礎，有架構及論述能力。新一代的台灣詩學論者，值得期待。

詩之為藝，語言是關鍵，從里巷歌謠之俚俗與迴

環復沓，到講究聲律的「欲使宮羽相變，低昂互節，若
前有浮聲，則後須切響」（《宋書・謝靈運傳論》），
是詩人的素養和能力；一旦集結成社，團隊的力量就必
須出來，至於把力量放在哪裡？怎麼去運作？共識很重
要，那正是集體的智慧。

　　台灣詩學季刊社將不忘初心，不執著於一端，在應
行可行之事務上，全力以赴。

【推薦序】
欣賞《春天，你爽約嗎》

林煥彰（詩人、畫家）

1.

　　文學藝術，主管精神和心靈；尤其是詩，這種精緻的文類，我向來就認為她就是這樣，所以我喜愛讀詩，也愛寫詩。

　　讀到好詩，讀到自己喜歡的詩；就特別感到快樂，特別的開心。

2.

　　讀女詩人曾美玲老師的詩，是很輕鬆、很親切、很愉悅的；這本詩集《春天，你爽約嗎》收錄2019年到2022年美玲老師所寫的新作，內容非常多樣多元；分成九輯，近九十首詩，每一首詩作都分別在各報副刊和多家重要詩刊刊載過，足見美玲老師這三、四年詩的創作是相當勤快耕耘的，自然就是豐收。

3.

　　女詩人美玲老師的詩，內容題材相當多元，足見她是一位宏觀的詩人；由個人內在心境抒寫親情出發，關注全球人類健康、和平大愛，是非常值得肯定的。

　　詩是小我和大我的良知關照和呼喚……我喜歡讀美玲老師的詩。

4.

　　女詩人美玲老師的詩，從詩的形式，由小詩三、五行到二、三十行，自自在在的揮灑，她都能輕鬆自在自如的鋪展；展開現今當下世間眾人之事的書寫，值得細細品賞玩味……。尤其小詩，如〈三行微詩三首〉和〈微型詩四首〉，都是三行，極精簡空靈。

5.

　　有關親情的詩寫，我特別鍾愛她寫給父親〈奔馳──給親愛的爸爸〉和母親〈春遊──給親愛的媽媽〉這兩首散文詩，是多麼的天真可愛，彷彿讀著讀著我們也跟著她和她的爸爸、媽媽一起都隨著時光倒流、回到

了清純無憂的，他們的童年……。

6.

　　美玲老師的詩，是屬於明朗的詩風；明朗的詩，需要讀者特別用心體會，不要輕易錯過，細細的讀每一首詩，就會有很多意外的收穫。

2022年7月20日寫於九份半半樓

【推薦序】
戀生精神的時代新曲
——序曾美玲詩集《春天，你爽約嗎》

余境熹（香港詩人、學者）

　　世有「戀屍」的文學，亦有「戀生」的文學。前者參考埃里希・弗羅姆（Erich Fromm, 1900-1980）的論說，元素共包括：（一）喜歡機械和不能成長的東西；（二）傾向將事物數據化，敏感於經濟議題；（三）是法律、秩序及強權的忠實信徒，以之主宰生命；（四）只知懷緬過去，不展望未來；（五）喜歡黑夜、海洋、洞穴；（六）扼殺植物、昆蟲等的生命，沒情由地將有生物變成無生物；（七）喜談疾病，對殘障的形體異常迷戀；（八）是排泄物、嘔吐物、分泌物如血、汗、唾液、鼻涕的愛好者；（九）對死亡、葬儀一類事情格外感興趣，為屍體、腐爛的東西所吸引；（十）對死者產生愛戀，渴望佔有屍體，與之發生性行為或將其吃掉。

　　文學作品若包含以上十項的任何一項，籠統言之，即「具有戀屍書寫的元素」；包含項目較多，即為「高密度的戀屍書寫」；包含較後項目，即屬「高濃度的戀屍書寫」；而「高密度」、「高濃度」云者，一篇作品、一位作家可兼而有之。必須留意：文學名家筆觸「戀屍」，構成「戀屍書寫」，此說絕無貶義。如金庸（查良鏞，1924-2018）《笑傲江湖》多目盲去勢之徒，三島由紀夫（MISHIMA Yukio, 1925-1970）耽溺被殘殺的王子，白先勇（1937-）小說常見血光傷逝，而皆有其藝術效果、精神漫溯，乃至乎社會之寄意等，內蘊深邃，價值殊高。

　　另一邊廂，曾美玲（1960-）非不知現實黑暗困苦，如疫症橫行，戰火四起，權貴侵凌，人情冷漠，耳聞目睹，隔之不絕。但她的文學小舟卻執持「戀生」態度，不願負載太多「戀屍」亂石，以免增加自身，也增加讀者的心靈壓力：「生命裡推不完／巨石的負荷與憾恨／全部拋向遠行的小舟／會不會太沉重？／會不會載不動？」〈致淡水〉相反，曾美玲的詩筆效法約翰·施巴提恩·巴哈（Johann Sebastian Bach, 1685-1750）的「G弦之歌」，總渴望能「綻放嬰兒天真笑容／傳揚天國永

生信息」，「輕鬆推開黑暗惡夢／打開囚禁的心」〈晨起聽巴哈〉。

　　是以，曾美玲的詩不是全無「戀屍」的材料，她卻往往點到即止，保持文字圜圍的「輕鬆」。她的〈詩人〉自述職責，是要「四處考察人間風景／謙卑地閱讀眾生的臉譜」，當然也會看到「地球澆不息的戰亂烽火／哭不停的苦難和雨」。但她並不鋪張渲染，而是著意於撫慰，即刻便「以愛之名／祈禱」，不讓血污屍臭在紙上暈開。

　　就筆法言，曾美玲也有意無意表現出一種逆拒「戀屍」的想像。例如前述「戀屍」的第六項特徵，是會沒情由地扼殺植物、昆蟲等的性命，而曾美玲則是反其道而行，專寫花卉的生機能夠戰勝死亡憂傷：「被隱形病毒聯手冰雪寒流／日夜進攻／整座島嶼驚慌失措／唯杜鵑花不慌不亂／校園的安靜角落裡／將早春的訊息／一則則／熱力傳送」〈春訊〉。

　　又如「戀屍」的第四項印記：只懷緬過去，不展望將來，也為曾美玲所摒棄。她的詩總表現從〈太空針塔〉可見的情懷：「天地間，一柱不斷上升的希望／穿越白雲飛舞的天空／朝陽光燦笑的未來／輕快邁開第

一步」。在曾美玲而言，邁步所向的前方是有「光」，有「笑」，有晴朗「天空」，有昂揚「希望」的。她心情「輕快」，沿路「上升」，生命力無比充沛，同時也希望感染讀者：沒有必要沉溺於回憶，而是可一起創造「未來」。

但最顯著、能構成曾美玲新詩標誌的，應當是她對「戀屍」第五點──喜歡黑夜和洞穴的反擊。以〈寫詩的理由〉為例，「當迷路的心被黑夜囚禁／找不到光明的出口」，「當夢墜落無人造訪的深淵／希望奄奄一息」，這兩段文字正好寫出了「黑夜」和「洞穴」如何一度耀武揚威；然而曾美玲之為曾美玲，就是「光明」可再綻露，「洞穴」可被掙離。詩的後文寫道：「一隻名為靈感的翠鳥／總是自迷霧叢林，飛出／清脆地拍打羽翼／在月光清醒的子夜／在百花昏睡的白晝／噙著痛苦或喜悅的淚水／寂寞地歌唱」。詩人用「飛」的姿態擺脫「深淵」，儘管仍有「寂寞」，卻已沐浴在「清醒」澄澈的「月光」和「白晝」裡，離開了漆黑的「囚禁」。

用「光」戰勝「黑」，這是曾美玲詩常見的主題。〈小詩二首·其二〉精簡而有力：「黑暗中徘徊的人生／月下禱告的時候／重新被光醫治」；〈陽光〉也寫

道：「連日雨不停／耐心等候一把金鑰匙／打開烏雲的心」，以金光閃耀的太陽撥走蓋掩心扉的烏黑情緒。

至於〈重生〉的「看見明天過後／一輪金色朝陽／從飽受病魔侵襲眼淚淹沒／歷盡苦難與試煉的黑暗廢墟／鼓動巨石意志／奮力拍打鳳凰翅翼／再度飛翔」，曾美玲高聲歡呼涅槃重生，又是克勝了「黑暗」和儼如洞穴的坍塌「廢墟」。

當然，曾美玲的「光」也驅除「黑」所延伸象徵的各類負面情感，如〈旅途中，遇見卡夫卡與小約翰·史特勞斯〉即謂：「人心相擁而舞／甩開霜雪覆蓋的煩憂與悲傷／永不停歇地旋轉陽光」，能使煩愁不再。

追溯曾美玲的「反戀屍／戀生書寫」，應該與其人的基督宗教信仰有關。《聖經》（*Holy Bible*）的〈約翰一書〉（"First Epistle of John"）直接說過：「神就是光，在他毫無黑暗。」而按〈約翰福音〉（"Gospel of John"）第一、三、八、九、十二等章的記載，耶穌基督（Jesus Christ）亦屢屢自稱、被稱為「光」。如同〈以賽亞書〉（"Book of Isaiah"）所云：「在黑暗中行走的百姓看見了大光，住在死蔭之地的人有光照耀他們」，這「光」能夠安慰人心，使困苦絕望者重新

振作起來。〈帖撒羅尼迦前書〉（"First Epistle to the Thessalonians"）則提醒信徒都要歸屬於「光」：「你們都是光明之子，都是白晝之子。我們不是屬黑夜的，也不是屬幽暗的。」《聖經》對「光」的崇揚，對「正」能勝「邪」、「光」能勝「黑」的反覆表述，深深地影響著曾美玲的詩筆。

曾美玲對未來滿懷盼望，大概亦與基督宗教相信神一直掌管萬事，終末且有絕對公義的最後審判有關。談起公義，曾美玲也總能運筆聲討殘虐不仁的對象。〈槍聲與玫瑰〉裡，她的精神飛至阿富汗的「女子監牢」，那兒「每一張被噤聲的嘴／每一雙被黑暗的眼／集體被囚禁的陽光與自由」都叫曾美玲心酸、痛苦、憐憫。她時刻盼望「玫瑰的吶喊」能召來救援，剎止掌權者刺耳的「慶祝的槍聲」。

曾美玲透過植物展現盎然生機，復有宗教的因子在其中。她的〈致玫瑰〉寫過：「早春，走入一座玫瑰花園／耳邊響起／紅玫瑰黃玫瑰白玫瑰粉玫瑰紫玫瑰／藍玫瑰黑玫瑰香檳玫瑰／眾神合諧的交響／人間真愛的宣言」。百卉之所以與「眾神」畫上等號，是因為從各種受造物中，人們都能看見神的慈愛與榮耀。〈馬太福

音〉（"Gospel of Matthew"）曾經借「花」說理：「何必為衣裳憂慮呢？你想野地裡的百合花怎麼長起來；它也不勞苦，也不紡線。然而我告訴你們，就是所羅門極榮華的時候，他所穿戴的，還不如這花一朵呢！」擴大點看，這正是〈羅馬書〉（"Epistle to the Romans"）宣示的：「自從造天地以來，神的永能和神性是明明可知的，雖是眼不能見，但藉著所造之物就可以曉得，叫人無可推諉。」既如此，曾美玲自然絕少在作品中「戀屍」式地、無端地摧殘神所妝飾的種種植物了。

　　固然，我們理解曾美玲的創作，大可不必囿於某一宗教系統。即以曾氏筆底鮮少「爽約」的「春」為言，諾思羅普‧弗萊（Northrop Frye, 1912-1991）就視之為與創世及萬物復甦有關，亦與黑暗、死亡等負面勢力失效有關的神話原型。果然在曾美玲筆下，「春」有時負責喚醒朝氣：

　　　從女兒重新彈奏的樂曲裡
　　　出走多年的春天
　　　鏗鏘敲叩家門
　　　──〈舊鋼琴〉

　　春天一到，千萬朵粉紅的少女心

　　毫不保留地，歡唱

　　──〈印象校園〉

有時負責更新萬象：

　　在維也納，垂掛水晶吊燈與古典情調的沙龍

　　聆聽小約翰‧史特勞斯的春天

　　一支支夢的圓舞曲

　　從維也納森林，甦醒

　　沿著多瑙河白雲的節奏

　　愉悅敲響藍色的奇幻旅程

　　──〈旅途中，遇見卡夫卡與小約翰‧史特勞斯〉

有時更負責攜回希望、重啟樂園：

　　春日午後，來到薩爾斯堡

　　流連大街小巷，一轉彎

　　愛笑的小莫札特隨時現身

　　靈活指揮跳躍希望的音符

帶領來自八方，朝聖的心

返回那座失去的樂園

——〈春日午後，來到薩爾斯堡〉

　　故當曾美玲「打開網路與電視新聞」，訝異於「被
隱形病毒與白色恐慌封鎖的城市廢墟」愈發增多，為
「一波波躲疫與被隔離的黑色人潮／不斷攀升，確診與
死亡的紅色數字／海嘯般拍擊驚慌的眼神忐忑的心跳／
攻佔每一根神經每一吋肌膚每一口呼吸」時，她所衷心
期盼的，亦是「春天」不要「爽約」，快點「趕路」前
來，讓局面得以扭轉，美好重臨人間〈今年的春天，爽
約嗎？〉。

　　值得留意的是，「隱形病毒」與「確診」對應「戀
屍」的第七點（疾病），「城市廢墟」、「黑色人潮」
及「海嘯」對應「戀屍」的第五點（洞穴、黑夜、深淵
將人吞噬），「死亡的紅色數字」又對應「戀屍」的第
九點（死亡）和第二點（數據化），「隔離」則或多或
少有「戀屍」第三點（法律、秩序、強權）的介入，而
曾美玲獲得訊息的渠道，乃是「網路與電視」，即「戀
屍」第一點直指之「機械」。應該說，曾氏策略性地，

也是極周全地動員了「戀屍」的元素，充分展示了疫情底下叫人沮喪的客觀環境。

　　然而曾美玲未被巨大的「戀屍」氛圍征服，「光」和「春天」仍是她高揚「戀生」旌旗、剖開重重黑幕的雙刃之劍。且再看曾氏結合「春」與「日光」的〈春會〉一詩：

　　　　日光擁抱，春風親吻的廣場上
　　　　午後，一場歌舞饗宴正歡樂
　　　　口罩遮擋熟識與陌生的臉孔
　　　　遮擋不了千百顆，蹦蹦跳跳的心
　　　　一雙雙拜訪春天的眼睛
　　　　等候飛翔

　　「日光」與「春風」讓「心」迸發活力，那是「口罩」象徵的大疫之世也無法「遮擋」得了的。敏銳的讀者應可看出，曾美玲絕非對疾苦人間懵然不知，她懷著「戀生」精神，深信文字有「光」，也有「春天」般的憧憬，能讓「戀屍」的密閉迷宮片片瓦解。

　　〈春會〉原是曾美玲「觀迷火佛朗明哥舞團新春

演出『鬥牛士的祈禱』」後的創作，有特定的書寫背景。但引申開來，讀者帶著一雙「拜訪春天的眼睛」，披閱曾氏以「春」命名的新詩結集，與「春」相會，與「光」相融，亦當能受其複沓的「戀生」之歌所感召，展開想像的翅膀，「等候飛翔」，撇下張狂「戀屍」的時代泥濘，飛昇到更自在、更輕省、更易「綻放嬰兒天真笑容」〈晨起聽巴哈〉的樂土樂國，滋養心靈，繼續「趕路」（今年的春天，爽約嗎？），「朝陽光燦笑的未來／輕快邁開第一步」〈太空針塔〉。

【推薦短語】

（以下依姓名筆劃排列）

　　我曾經為曾美玲之前的兩本詩集作序，因此對她近年來之創作略有所知。美玲一向敢於嘗試，勇於探索，創作題材多元，關懷繁複，產量相當豐碩，「萬物靜觀皆自得」，這是對她的創作世界之最佳描述。這些特色皆可見於美玲這本新詩集《春天，你爽約嗎》。這本詩集收詩八十餘首(部分附有英譯)，分為九輯，多完成於最近三、四年間，即新冠病毒肆虐全球之時，因此面對病毒而觸發靈感之應景詩數量頗為可觀，這些詩已盡收於輯四之中。美玲顯然長於短詩，輯二即有小詩一組，其他的詩也多輕巧靈敏，形式簡樸，語言淡雅，少見隱晦。這些詩或憂時，或感懷，或記遊，或敘事，或思鄉，或懷舊，或抒寫親情，清和澹泊，自然真摯，多能直抒胸臆，情理互見。《春天，你爽約嗎》無疑是一本誠懇的詩集。

　　　　　　　　　　　　　——李有成（詩人、學者）

從日常生活到遠方的戰爭、災難，都進入她的關懷視野。她的筆為這兩年的疫情世界留下可貴的紀錄。

——洪淑苓（詩人、台大中文系教授）

在疫情與歲月連番帶來噩耗的年代，曾美玲「噙著痛苦或喜悅的淚水＼寂寞地歌唱」，開展詩與音樂、地景與人物的對話，讓世界沉默時，有她精緻與美好的詩行，為時代見證。其中最疼痛的文字，莫過新冠疫情衝擊下，詩人寫下的哀嘆與批判，以及對防疫工作者的致敬，因為紀實，讓全書更帶有以詩紀錄歷史的鄭重意義。至於系列悼念詩人與藝術家的作品，既有自身美好的閱讀與欣賞經驗，又以詩評詩，確實是以淚水鑄成的詩篇。

——須文蔚（詩人、國立台師大文學院副院長）

曾美玲，生活詩人。寫生、寫活，學習生、學習活，所以她的作品都是生鮮活跳的詩，她的一生都是生鮮活跳的作品。

2019-2022，瘟疫與戰爭，天災與人禍，不約而同來，全球的人都在問：「春天，你爽約嗎？」曾美玲為大家發出這樣的心聲。

春天是生命理想的象徵，是內心深處最熱切的盼望，在生命最苦的時候，都該留存這樣的一點光，盯著窗外枯枝期待一枚新綠。自己正在受苦中苦，還能為其他受苦的心發聲，或者自己在幸福的環境裡，卻鼓舞受苦的人懷抱期望，這種情操是高貴的，是生命的初衷與本質，是詩心。

　　詩＝詩心＋詩藝＋詩境

曾美玲的詩一直從這樣的詩心出發，展現不同階段的詩藝，提供給讀者奇妙的詩境，詩路上，她從未爽約，你怎能不好好享受這一次她帶來的詩的春天？

——蕭蕭（詩人、退休教授）

曾美玲答編者十問

李瑞騰

一、**2019年**妳才出版《未來狂想曲》，這麼短的時間內又累積了一本詩集的量，妳可不可以和我們分享一下妳寫作的狀況？譬如說，什麼情況下，妳有寫詩的念頭？而且會動筆寫？想起的當下就寫嗎？如果正在和朋友餐敘，或在捷運上，忽然得句，妳會馬上記下來嗎？妳會為自己安排一個固定的寫作時間嗎？譬如說，夜深人靜的時候，或午夜夢迴之際。

答：

　　謝謝社長深入了解我的詩集出版時間與細膩的提問！我記得詩人吳晟老師，為美玲的第四本詩集《午後淡水紅樓小坐》寫推薦序文時，曾提到：「將近八年的時光，總計得詩七十二首，創作量不算多，卻詩心綿密，持續不

輟。」，在虎尾高中任教時，很投入繁忙的教學工作，女
兒也小，創作時間相對較少；當然，有趣的英文教學與陪
伴女兒成長，都成為我日後回憶時，豐富的創作題材，這
本詩集輯六有收錄詩作〈英文課二重奏〉、〈一位高中英
文老師的日常〉等詩，輯二收錄的小詩〈舊鋼琴〉（從
女兒重新彈奏的樂曲裡／出走多年的春天／鏗鏘敲叩家
門），都是以詩追憶或重溫美好的時光。

　　2011年自教職退休，我終於學習放下，全力投入詩
創作，生活與詩緊密結合，在我眼裡，只要常保一顆年
輕善感的詩心，靜觀萬物，生活中的大小瑣事，都可入
詩。疫情以前，習慣外出時，身上帶著稿紙或白紙，隨
時記下詩句，現在手機方便，就寫在備忘錄，再慢慢整
理。我會找一家喜愛的咖啡館，讓心靜下來，一坐就是
兩三小時或半日，默默寫詩。疫情期間，關在家中，無
論白晝或深夜，都可創作，尤其夜深人靜時，輯四中的
詩〈島嶼紀實〉，第三節，正是我這兩三年間，創作生
活的寫真：

　　　靈魂變成貓
　　　徹夜清醒

囚禁的日子，耐心等待

黑色眼睛釣起

一輪金陽的盼望

二、基本上妳習慣以詩紀事，事無大小，凡有感者，皆可
　　經之營之。妳在輯一有〈詩人〉、〈寫詩的理由〉，
　　妳願藉此和我們分享詩和妳的人生之關聯嗎？

答：

　　宗白華先生在他的著作《美學的散步》曾說過：
「詩是比現實更高的層次，應努力將現實提升到詩的層
次。」這些日子以來，我的生活幾乎離不開詩，讀詩
寫詩，加入台灣詩學與乾坤詩社，與詩友們交流詩藝，
也時有網路詩社團的邀稿，或擔任評審等，時時與詩為
伍，誠如在輯一詩作〈詩人〉所言「總在午夜時分／靈
感再度醒來」或如詩作〈寫詩的理由〉中「一隻名為靈
感的翠鳥／總是從迷霧的叢林，飛出」，我便「嚙著痛
苦或喜悅的淚水／寂寞地歌唱」。

　　十年來，平均每隔兩三年，出版一本詩集，我也
期許自己，拓展多元題材，鍛鍊詩語言，技巧上力求突

破，也要步步提升詩境界。雖然目前網路上發表詩作很方便，我仍要求自己，每一本詩集所收錄的詩，幾乎都要發表在重要詩刊與報紙副刊，以維持詩的品質。

　　社長說：「妳習慣以詩紀事，事無大小，凡有感者，皆可經之營之。」，的確如此，特別是讓我深受感動的事件，總會寫成詩；這本詩集中有許多詩，例如獲邀參加第三屆吳沙作家微旅行、參加由台大洪淑苓教授主持的「女詩人與日常書寫」、我的詩集《未來狂想曲》在台北飛頁餐廳與家鄉虎尾厝沙龍舉行的新書發表會、返鄉參加國中同學會與當年虎中同事們專程來淡水紅樓小聚等等事件，都讓我十分難忘，便以詩紀錄美好時光。特別要提的，是兩首獻給我的父親母親的散文詩〈奔馳〉與〈春遊〉，高齡八十八歲的爸爸已漸漸記不得一些人事，每次去探望他，我都會跟他聊天，喚醒她的記憶，〈奔馳〉一詩是我們的父女對話，含淚紀錄爸爸童年美好的回憶。〈春遊〉一詩則是我和八十歲母親的母女對話，期望藉著詩歌，永留我們攜手春遊賞花，無比幸福時光。

　　我也要特別感謝我親愛的家人，一路的溫暖陪伴與支持！這本詩集珍貴的照片，都是由弟弟曾光輝、曾忠

仁拍攝和女兒語軒語儂提供。

**三、妳的詩集中有「雙語詩」，有時會在詩題上以括弧
標上「中英對照」。看來妳是寫定了中文詩，自己
動手翻譯，會不會遇到難譯而改寫了中文？有沒有
先寫英文詩，再譯回中文的情況？妳有沒有想過以
英文寫詩，向國際詩壇發展？妳期待讀者如何看待
妳的雙語詩？**

答：

　　這本詩集收錄12首雙語詩，我曾出版兩本中英對照
詩集《曾美玲短詩選》語《相對論一百》，都是先發表
中文詩，再翻譯成英文詩，這本詩集裡的雙語詩也不例
外。如果遇到難譯的地方，我會先暫停，用心思考再翻
譯，力求貼近原詩，很少去改寫中文，也很少先創作英
文詩，再譯回中文。謝謝社長美好的建議！給我一個新
的目標：直接寫英文詩。

　　畢業於師大英語系，又曾在高中擔任二十八年英文
老師，生活中最大樂趣，除了寫詩，也喜愛閱讀英文小
說詩歌，翻譯詩作是興趣，也是對自己的挑戰！我也想

以詩紀念，當年與學生們一起，上英文課的美好詩光。

四、妳的外文系背景，加上英語教師經歷，加上很可能
**　　從小有比較多的西洋音樂的學習，因此妳的詩中頗**
**　　多「音樂」，能否談談其來龍去脈？以文字寫形體**
**　　容易，寫聲音很難，期待妳的分享。**

答：

　　謝謝社長知音的提問！我非常喜愛音樂，也很喜愛
唱歌！從小，因媽媽很喜愛唱歌，母女在客廳合唱〈甜
蜜的家庭〉、〈野餐〉等著名歌曲，還錄音下來，成了
我難忘的童年回憶。以前在課堂上，我會融合教材或時
事，教學生唱英文歌，啟發學生學習英文的興趣；我的
學生和我在臉書重逢，有幾位提起，永遠記得我教過他
們的一些英文歌，讓我很感動！退休後，我曾參加教會
唱詩班與一般歌唱班，有些歌也曾啟發創作靈感。這幾
年，特別熱愛古典音樂，每當聆聽讓我感動的樂音，腦
海會湧現鮮明畫面，靈魂深處，也會聽到超越現實，神
的啟示。我最喜愛的電台是台北愛樂廣播電台、佳音電
台和ICRT。疫情嚴峻期間，有一天早上起床，打開收音

機，巴哈的G弦之歌為我揭開一天序幕，感覺是來自天
堂的佳音：「伸手觸摸來自遙遠，一句句／上帝暖心話
語」，鬱悶的心得到紓解，很快寫出輯一的詩作〈晨起
聽巴哈〉。

　　輯一中的詩〈永恆的愛如是說〉也是我聆聽馬勒的
交響樂，深受感動而寫。這一回是深夜，當電台播放這
曲永恆的愛的樂章，深情優美的旋律深深觸動我心，腦
海中又湧現絕美畫面，我清醒看見「大海掏出月光般清
澄遼闊／永恆的愛／向那早已枯竭乾涸／綿延千萬里，
荒漠的心／溫柔又澎湃地／澆灌」。

**五、妳十天的奧地利和捷克之遊，得詩不多，歸為「布
　　拉格廣場」一輯，另「小詩」輯中的〈護城河〉，
　　則可以是其他保存良好的古城，非捷克獨有。這樣
　　的旅行寫作，題材的選擇、敘寫的重點、詩旨的提
　　煉等，都影響著詩文本的藝術性，請談談妳在這方
　　面的斟酌。**

答：

　　從《午後淡水紅樓小坐》開始，我每一本詩集都有

國內外旅行書寫。這三年，因為疫情，沒有出國旅行。輯三收錄的四首旅行詩，是我在疫情前，前往奧捷旅行後，陸續發表的；最近又完成一首三十行詩作〈終於來到查理大橋〉，因中華日報主編謙易告知，將安排在十月刊登，因此我未收錄在這本詩集中。

　　雖然十天旅行，我只創作五首詩，但每一首旅行詩的寫作前後，我都會做功課，再融合我在現場的感受與感動，用心完成。以輯三詩作〈布拉格廣場〉為例，對布拉格的嚮往，源自當年拜讀米蘭昆德拉的《生命中不能承受之輕》、赫拉巴爾的《過於喧囂的孤獨》等書，站在廣場中央，回想捷克多苦難的歷史，對比廣場上十分擁擠的人群與笑聲，感觸良多，回家後，重新聆聽捷克音樂家史麥塔納〈我的祖國〉，動人樂音裡，完成這首詩。為這本詩集寫推薦語的林煥彰老師，曾跟我說，他去過布拉格廣場，很肯定這首詩，十分謝謝老師的鼓舞！

六、兩三年來新冠肺炎病毒肆虐，疫情把人類逼進絕望困局，妳用「今年的春天，爽約嗎？」一輯回應了這持久的大災難（「散文詩」輯中也有）。妳如何思考這種災難寫作？

答：

　　我最早的災難詩，收錄在第二本詩集《囚禁的陽光》，讓我印象深刻的是為921地震而寫的兩首詩〈秋殤〉和〈破碎的童話〉，後來我的每一本詩集都會收錄一些關懷災難的詩，詩人學者王厚森教授和詩人詩評家李桂媚都曾在評介我的詩時，特別提到此點。從來沒有想到，新冠肺炎疫情延燒了三年，病毒不停變種，奪去眾多無辜生命，深深影響全人類的生活。詩集輯四中的所有詩作，便是我含淚書寫，期盼以詩紀錄這個讓人傷痛絕望的災難，從國內到國外，誠如輯四第一首詩〈今年的春天，爽約嗎？〉：「一座座被隱形病毒與白色恐慌封鎖的城市廢墟／一波波躲疫與被隔離的黑色人潮／不斷攀升，確診與死亡的紅色數字」，也真誠期盼，以愛祝禱，正如我觀看迷火佛朗明哥舞團的新春演出後，寫出的詩〈春會〉，最後一節〈曲終，集體高舉永不凋謝／鮮紅的誓言加倍昂揚鬥志／為病毒蹂躪、恐懼統治的人間／祈禱平安／向藍天〉。

七、「小詩」輯中有一首三行微詩〈玫瑰〉：「親愛的，何不脫下多刺的偽裝／容我靠近／傾聽緋紅

的心跳」，很單純的物我關係，具體描繪了物形物性；輯一中有〈致玫瑰〉、〈玫瑰幻想曲〉、〈槍聲與玫瑰〉，除了是自然的玫瑰，也是宗教的、文化的、歷史的玫瑰，意象之比喻、象徵如是，請就此談談妳的體會。

答：

　　我很愛花，小時候，在老家庭院，種植許多花，也為花寫過許多詩，詩作〈向日葵〉曾榮獲詩人彭邦楨紀念詩獎創作獎；而其中，玫瑰是我最愛詩寫的花。我曾經寫過中英對照詩〈玫瑰的告白〉和〈玫瑰與小草〉，這本詩輯又收錄四首以玫瑰為題材的詩，我的虎中同事好友燕惠，特別跟我說，她很喜愛〈致玫瑰〉，讓我有遇到知音之感，因為我自己也喜愛這首詩。誠如社長提到，我寫的玫瑰，是自然的玫瑰，也是宗教、文化、歷史的玫瑰。記得2021年早春，我走進台北玫瑰園，五顏六色的玫瑰瞬間抓住視線，趕快以手機為花拍照，返家後，回憶與玫瑰短暫卻美麗的邂逅，聯想到英國浪漫詩人彭斯的名句：

My love is a red, red rose.

It's newly sprung in June.

也聯想到《小王子》書中那朵玫瑰與舒伯特的名曲〈野玫瑰〉，越寫越開展，真實體會到，對我而言，玫瑰，愛情的象徵，正是「眾神和諧的交響／人間真愛的宣言」。

八、妳有一輯悼詩，寫蓉子、楊牧、管管、鍾肇政、藍雲、卡夫、劉藍溪，一個人的一生很複雜，通常妳會抓住什麼來寫？認不認識、親疏遠近，於寫詩有何關聯？

答：

　　蓉子、楊牧、管管是我很敬重很喜愛的詩人前輩，大三開始創作詩，宿舍書桌前的書架上，擺滿前輩詩人如楊牧、鄭愁予、余光中、洛夫、瘂弦、羅門、蓉子、敻虹、吳晟、羅青和楊喚等詩集，也拜讀由蕭蕭教授和張漢良教授編寫的《現代詩導讀》、陳芳明老師的著作《詩與現實》、林煥彰老師編著的《童詩百首》等，大

量閱讀學習，在我的心裡，他們都是我老師，充滿感謝和懷念。

　　我曾在花蓮太平洋詩歌節，見到楊牧老師，有機會上台，當面跟他表達感恩；也曾和前輩詩人朵思老師與詩人琹川，去淡水潤福安養院，探望九十歲的蓉子詩人。這幾年在台北，好幾次在詩人聚會，見到熱情親切的管管老師，也因參加乾坤詩社與台灣詩學，有機會與慈祥謙和的藍雲老師和新加坡詩人卡夫，愉悅相聚。他們的詩，對詩學與詩壇的無私奉獻與貢獻，都讓我十分感佩！

　　除了詩，我也喜愛閱讀小說。大學時，拜讀鍾肇政的小說《濁流三部曲》，非常感動！後來欣賞由他的小說《魯冰花》改編的電影，也很難忘。當年學生時代，很喜愛唱劉藍溪的歌〈野薑花的回憶〉、〈小雨中的回憶〉，對她當年決志出家，也想深入了解。

九、警察被殺、火車出軌、地震災害、動物滅絕、戰火燎原，這人間怎麼啦？妳都寫了，一般的報導很多，詩能寫他人之所不能言嗎？

答：

　　收錄在輯八〈點燈〉的詩作，真是一首首悲傷的輓歌！誠如我在〈點燈〉詩中所言「集體流淚了」。2021年4月2日，太魯閣號出軌事件，看到那麼多無辜生命的離世，讓我悲痛地寫了兩首哀悼的詩。詩句如「死亡瞬間奪走幸福人生」、「黑暗深淵，除了哭泣還是哭泣」、「再也看不到日夜等候的都蘭山」，都是血淚的書寫啊！人類對自然的破壞，美麗單純的動物們，正頻臨滅絕，也讓我心痛寫下〈動物悲歌二題〉、〈小麗的故事〉。俄烏戰爭仍在進行，詩作〈戰爭素描〉呈現一幕幕戰爭前夕，恐慌肅殺的畫面：「擁擠地鐵站哩，滿臉驚恐／吃著餅乾對抗飢餓的孩童」、「慌亂的大街上，含淚送別妻兒／準備以生命捍衛家園的男人」，誠心祈禱，人類能深切反省，一起拯救病入膏肓的地球；縱使詩的力量微小，我仍堅持書寫，心懷盼望與愛！

十、本集最後二首以歡喜壓卷，〈花季〉、〈我心雀躍〉皆頗為正向；不只這裡，防疫一輯，也充滿正能量。我眼中的曾美玲如是。人活著不輕鬆，放鬆很重要，美玲以為然否？

答：

　　曾經有一位指揮家說：「莫札特的音樂，總是能帶來向上的力量（give us an up），這本詩集，因紀錄三年的疫情、戰爭與天災人禍，乘載沉重的嘆息，誠如社長所言：「人活著不輕鬆、放鬆很重要。」，我是獅子座，有開朗的外表，但AB血型也讓我時而內心暗藏憂傷，因此，書中第一首詩，我選擇詩作〈晨起聽巴哈〉，雖是疫情嚴峻時的書寫，但最後一節：「輕鬆推開黑暗噩夢／打開囚禁的心／展翅／飛出窗外雲外天外」，真誠盼望，藉著優美的詩歌，跟我一樣，讀者能得到療愈，也獲取正向力量。最後兩首詩，我期望也以帶來希望與光的詩，首尾呼應，讓我自己，也讓讀者們，能如〈我心雀躍〉一詩中：

　　　再飛向遨遊千萬里
　　　讓心自由的未來

目　次

輯一｜晨起聽巴哈

輯二｜小詩

輯三 ｜ 布拉格廣場

輯四 ｜ 今年的春天，爽約嗎？

輯五 | 散文詩

輯六 | 週末午後，在虎尾厝沙龍

輯七｜青鳥遠行

| 輯一 |

晨起聽巴哈

晨起聽巴哈

收音機裡，巴哈 G 弦之歌
平靜揭開一天的序幕
綻放嬰孩天真笑容
傳揚天國永生信息
伸手觸摸來自遙遠，一句句
上帝暖心話語

琴音悠揚，大海般明澈遼闊
擁抱因疫情因洪水因野火
因戰爭因世局動盪
充滿白色憂傷的靈
扶起被紅色焦慮被灰色眼淚
被似雲如風，善變的命運
頻頻絆倒的人生

曲終，輕鬆推開黑暗惡夢
打開囚禁的心
展翅
飛出窗外雲外天外

2021年8月17日
（《創世紀詩刊》209期，2021年12月冬季號）

春天，你爽約嗎

攝影：曾忠仁

深秋印象二帖

白鷺

逗點般飛落
草色書頁上
斜陽下，專注描繪
一行行
不易猜透
瘦伶伶的心事

黃葉

手掌大身軀
曲折脈絡間
暗藏一生的愛恨悲歡

偶然路過，四處漂泊的風
停下知音的腳步
耐心
閱讀

2021年11月7日

（《中華日報副刊》，2021年12月5日）

致淡水（中英對照）

（一）

流啊流啊流不停

時間的河啊

如果我把宇宙中

億萬顆星星的疑問

生命裡推不完

巨石的負荷與憾恨

全部拋向遠行的小舟

會不會太沉重？

會不會載不動？

（二）

被濃霧與雨絲包圍
看不清輪廓和表情
已近黃昏的觀音山
忽然轉過頭
給我一盞明燈般
頓悟的眼神

2020年11月20日

（《台灣詩學吹鼓吹詩論壇》四十四號，2021年3月）

To Dan Shui

（1）

Flowing,flowing,flowing
The never-stopping river of time,
If I throw to you,
In my life,
Billions of doubts,
And countless hates,
Will they be too heavy
For you to carry ?

（2）

Enveloped by heavy fog and drizzle,

春天'你爽約嗎

Guan-yin mountain is close to dusk

And her face and expressions can't be clearly seen.

Suddenly turning her head,

She gives me a glance of insight

Like a bright lamp.

2020/11/5

深秋訪吳沙故居

深秋早晨，寒意襲人
一顆顆熱騰騰
虔敬的心，步步跟隨
第八代第九代子孫
鏗鏘有力的導覽
溫習長滿故事的紅瓦磚牆與廊道
古井裡，打撈永遠潮濕的童年往事
安靜如畫的古厝，時光長出
回憶的翅膀，飛回兩百多年前

那時，您正壯年
無畏千萬種艱難險阻
以最真誠的心，高舉
拓荒者永不熄滅的火把
醫治葛瑪蘭人的病痛與絕望

一袋米一把斧頭，帶領移民們
開疆闢地，粒粒擦不乾的汗水和淚
辛勞書寫，第一頁
蘭陽平原開拓史

忽然看見，公廳的畫像
再度復活
帶領朝聖的眼睛，一步一步
再一步，穿越老宅穿越時光
微笑巡禮水稻，一畝畝金黃的夢
擁抱河流清澈透亮的歌聲

註：2021年11月24日，我獲邀參加，由佛光大學中國文學系
　　與應用學系與宜蘭吳沙文化基金會聯合舉辦，第三屆吳
　　沙作家微旅行。總共有十五位詩人作家，造訪吳沙故

居、吳沙夫人墓、吳沙國中和龍潭湖、謹以此詩，記錄
當時的感動，向「開蘭第一人」吳沙公致敬！

2021年12月8日

（《人間福報副刊》，2022年1月19日）

女詩人座談會

在中文系歷史悠久的會議室裡
牆壁上一幅幅墨寶
散發千年文化的香氣
師生們與秋陽笑臉相迎
親切地寒喧

談笑間，穿插即興朗誦和文字遊戲
女詩人們熱情掏出
一口袋一口袋又一口袋
生活中能說與不能說的祕密
如何剪裁或編造故事
如何將人生的笑和淚
日常與無常的二重奏
熬煮加上調味
成一道道詩的美味

說給專注的耳朵聽
說給安靜的心聽
也說給窗外路過的風與雲
自由旁聽

時間忘了敲鐘
詩捨不得下課

後記：2019年10月5日下午，在台大中文系會議室，我獲邀
　　　參與「女詩人與日常書寫」座談會，由詩人學者洪
　　　淑苓教授策劃主持。和女詩人張芳慈、顏艾琳、紫
　　　鵑與李桂媚，以及參加講座的同學們，共度一個難
　　　忘的詩的午後。

2019年10月7日

（《台灣詩學吹鼓吹詩論壇》四十號，2020年3月）

致玫瑰（中英對照）

文學史上
妳活在永恆的詩句裡：
"My love is a red, red rose.
It's newly sprung in June."

童話故事裡
妳是小王子放不下的牽掛
最吵鬧的春天

日常生活中
路邊一朵野玫瑰
瞬間打開舒伯特羞澀靈感

盛開的紅玫瑰總是勾起回憶
短暫易逝，戀愛的苦與甜

半開的白玫瑰
傳說，以教宗命名
象徵聖潔與慈悲

早春，走入一座玫瑰花園
耳邊響起
紅玫瑰黃玫瑰白玫瑰粉玫瑰紫玫瑰
藍玫瑰黑玫瑰香檳玫瑰
眾神合諧的交響
人間真愛的宣言

2021年3月8日
（《野薑花詩集季刊》37期，2021年6月）

春天，你爽約嗎

To Roses

In the history of literature,

You live in the eternal lines of a poem:

"My love is a red,red rose

It's newly sprung in June."

In the fairytale,

You were the care Little Prince couldn't let go

And the noisiest spring.

In the daily life,

A roadside wild rose

Opened the shy inspiration of Schubert in a flash.

The red rose in full bloom

Always evokes painful and sweet memories

Of short and fleeting love.

It is said the half-open white rose

Named after the pope

Symbolizes purity and mercy.

Walking into a rose garden in the early spring,

I ran into the red roses,yellow roses,white roses ,pink
　　　roses,purple roses,

Blue roses,black roses and champagne roses.

The harmonious symphony of gods

And the declarations of true love on earth

Were ringing in my ears.

2021/8/12

玫瑰幻想曲（中英對照）

小王子

備受呵護的童話
決定出走星球的家
獨自冒險未來
飽覽高低起伏的風景

途中，經過一座玫瑰園
驚喜遇見
成千上萬朵
相似的容顏
相異的夢

美女與野獸

當野性完全順服
以謙卑的心
懺悔的靈
擄獲苦苦等候的一吻
便趕在最後一瓣希望凋落前
破解惡夢的咀咒
挽救了真愛

2021年7月4日

The Fantasy of Roses

Little Prince

The well-cherished fairytale

Decided to escape the home of his planet

And made an adventure to the future

To appreciate the views of moving up and down.

Passing through a rose garden,

He discovered in surprise

Hundreds of thousands of

Similar looks

And different dreams.

Beauty and the Beast

When wildness obeyed completely

And captured a long-waited kiss

With a humble heart

And with a regretful soul,

The curse of the nightmare was broken

And the true love was saved

Just before the last petal of hope fell down.

2021/7/8

（《Waves生活朝潮藝文誌》第14期，2021年秋季號）

槍聲與玫瑰

慶祝的槍聲
從相隔千萬里，阿富汗大街小巷
從日夜播放的國際新聞裡
刺破千千萬萬關注的耳膜

但你看見了嗎？所有靠近的眼睛
躲藏布卡，女子監牢裡
每一張被噤聲的嘴
每一雙被黑暗的眼
集體被囚禁的陽光與自由

但你聽見了嗎？來自遙遠的耳朵
暗夜裡，獨自啜泣
焦急等候救援
那一疊疊比天高

雷霆般沉默
玫瑰的吶喊！

2021年9月30日

（《笠詩刊》346期，2021年12月）

永恆的愛如是說
——聆聽馬勒第三交響曲第六樂章
「永恆的愛如是說」

在這個速食文化主宰
虛無主義盛行的時代
懷疑、焦慮、恐懼聯手怨恨
組成當紅的四重唱
心卻越唱越寂寞
人生也越活越悲傷

直到自遙遠傳來
眾神的和諧誦讚
化身一隊隊光的精靈
以靈巧琴藝加完美默契
將痛苦與眼淚昇華
在黑暗的夜空舞台
交響奇異恩典

剎那間，清醒看見

大海掏出月光般清澄遼闊

永恆的愛

向那早已枯竭乾涸

綿延千萬里，荒漠的心

溫柔又澎湃地

澆灌

2019年7月5日

（《創世紀詩刊》202期，2020年3月春季號）

詩人

不用朝九晚五

無需簽到打卡

經常出差黃昏海邊

打聽貝殼千年的祕密

有時田野有時高山

以意象直播春花秋月

夏陽冬雪，四季微妙的變化

也會外派

一公里兩公里三公里五公里十公里

離家一百里五百里千萬里

四處考察人間風景

謙卑閱讀眾生的臉譜

把地球澆不息的戰亂烽火

哭不停的苦難和雨

以愛之名
祈禱

總在午夜十二點
靈感再度醒來
猛力推開噩夢糾纏
驅散焦躁不安的陰影
大膽盜取月神隱形的翅膀
輕飄飄飛到外太空
沉思、狂想或者歌唱
讓詩魂穿越古今
或生或死，看淡看遠

2020年6月18日
（《人間福報副刊》，2020年9月24日）

寫詩的理由（中英對照）

不是為了贏得詩人的桂冠頭銜
不是為了得獎的至高榮耀
也不是為了比夢虛空短暫的掌聲
當愛情來去匆匆
當迷路的心被黑夜囚禁
找不到光明的出口
當離別的戲碼不斷上演
眼淚無力告別
當夢墜落無人造訪的深淵
希望奄奄一息

一隻名為靈感的翠鳥
總是自迷霧叢林，飛出
清脆地拍打羽翼
在月光清醒的子夜

在百花昏睡的白晝
嚙著痛苦或喜悅的淚水
寂寞地歌唱

2020年8月21日

（《乾坤詩刊》96期，2020年冬季號）

春天，你爽約嗎

The reasons why I write poems

It's not for winning the title of a laurel poet.

It's not for the greatest honor of getting prizes.

It's also not for the applause emptier and shorter than a dream.

Whenever love comes and goes in a hurry

And whenever the lost heart is imprisoned by the dark night,

It fails to find the exit of light.

Whenever the plays of separation are staged constantly,

The tears are too weak to say good -bye.

Whenever dreams fall down to the abyss where nobody has visited,

Hope is dying.

In the misty jungle,

A kingfisher named inspiration always flies out.

Flapping the wings clearly and loudly,

It sings lonely songs

With painful or joyful tears

In the midnight of the sober moon

Or in the daytime of the drowsing flowers.

2021/8/10

冠冕
──致戴資穎

東奧羽球女單冠亞軍賽後
當妳凌晨貼出
雙腿爬滿血紅傷痕的照片
當妳透露賽前
跟辛苦的膝蓋說
再忍耐一次
當妳忍痛撲倒跪地
救活一顆顆致命的球
當妳爆哭在印度好手辛度
充滿溫度，真情擁抱裡

我們被淚水模糊的眼睛
清楚看見
一場場奮力拚搏，艱辛對決
擦不乾的汗水

不願被看見的眼淚
頻頻喊痛的傷口
在世界球后的冠冕上
閃閃發光

2021年8月3日

（《人間福報副刊》，2021年8月24日）

春天，你爽約嗎

| 輯二 |

小詩

願望

歌過舞過夢過詩過
愛恨過悲喜過哭笑過
江湖中，漂泊數十年
快過年了，風想回家

（入選2019年臉書截句選《不枯萎的鐘聲》，白靈
主編）

植物園賞荷

6月中旬了，眼睛來不及收割
滿池風吹萬里的香
驕陽曬乾的靈感
仍被三兩朵喧嘩的笑，淋濕

2019年6月23日
（入選2019臉書截句選《不枯萎的鐘聲》，白靈
主編）

野薑花

親愛的，我來了
這一回，什麼都沒有帶
除了一顆放空的心
收割滿園香氣和數行擁抱悲喜的詩

2019年10月21日

（《創世紀詩刊》203期，2020年6月）

嘉年華

搭乘時光噴射機，秒速飛回童年
重新聽見，小熊們瘋狂的嘉年華
媽媽暖陽的搖籃曲，以及迷路數十年
變胖又變高，西風的話

2019年12月9日
（《創世紀詩刊》203期，2020年6月夏季號）
（入選2020──2021臉書截句選《疫世界》，白靈
主編）

護城河
——訪捷克庫倫洛夫古城

流呀流呀流不停的歲月與詩

日夜唱醒天地的心

千百年來，守護著

紅塵的笑與淚

2019年5月18日

（《創世紀詩刊》203期，2020年6月）

小詩三首

聽蟬

老樹下，一堂戶外禪修課
知了知了知多少
參悟死與生

晨霧

比太陽早起
把整座公園的美夢
太極式推醒

下雪

不停掃啊掃啊掃啊
沉默的清道夫
掃淨一宇宙微塵

2020年6月24日

（《創世紀詩刊》204期，2020年9月秋季號）

三行微詩三首

釣魚

放空半日
青山環繞的小溪邊
垂釣朵朵白雲

寂寞

比咖啡更苦更香醇
一口一口接一口
陪伴失眠的夜

玫瑰

親愛的，何不脫下多刺的偽裝
容我靠近
傾聽緋紅的心跳

2020年4月18日

（中國微型詩，域外風渡）

微型詩四首

口紅

越塗越短的
青春，凋謝前
堅持熱吻今夜

舊鋼琴

從女兒重新彈奏的樂曲裡
出走多年的春天
鏗鏘敲叩家門

陽光

連日雨不停
耐心等候一把金鑰匙
打開烏雲的心

眼睛

說不出口的愛戀與憂傷
一半洩漏一半隱藏
以詩的形式

2021年5月2日

（中國微型詩，域外風度，2021夏季刊，第2期）

小詩二首（中英對照）

（一）

找不到出口的靈魂
夢中寫詩的時候
不斷哭著醒來

（二）

黑暗中徘徊的人生
月下禱告的時候
重新被光醫治

春天，你爽約嗎

Two little poems

（1）

While writing poems in the dream,
The soul which failed to find the exit
woke up in tears unceasingly.

（2）

While praying in the moonlight,
The life which lingered in the dark
was healed by light again.

2020/9/8
（《WAVES生活潮藝文誌》13期，2021年夏季號）

太空針塔（中英對照）

天地間，一柱不斷上升的希望
穿越白雲飛舞的天空
朝陽光燦笑的未來
輕快邁開第一步

The Space Needle

Between the heaven and the earth, a pillar of rising hope

Through the sky with clouds dancing,

Lightly takes the first stride

Towards the future brightened by the smiles of sunshine.

2020/1/2

（《秋水詩刊》183期，2020年4月）

攝影：曾光輝

| 輯三 |

布拉格廣場

布拉格廣場
──捷克記遊

終於抵達，寫滿故事的廣場
連日陰雨不告而別
白鴿與笑語悠閒地漫步
陽光從前方哥德式教堂
指向天空與遠方的尖塔間
驚喜現身

右側，胡斯紀念碑清醒站立
彷彿穿越幾世紀
仍高聲傳揚，自由和改革的信念
瞬間，一幕幕放映風雲變色的歷史
自眼底，從心裡
緩緩升起

看見納粹軍隊全面地佔領
聽見共黨坦克沉重地駛過
整座城市失去短暫的春天
生命中不可承受，所有的輕與重
在槍砲聲中，在作家筆下
含淚投降

終於來到傳說的廣場
星星般閃爍好奇，流浪的眼睛
上下左右，分秒追逐四周
站立數百年的老屋與時光
向不朽致敬

一位年輕媽媽推著娃娃車與嬰孩的夢
一位老人賣力吹醒童年，彩色的泡泡

一對戀人，緊緊擁抱浪漫的愛和未來
天文鐘下，擁擠又疏離的人群啊
集體聽見
布拉格的春天
正精準報時

註：胡斯是捷克著名宗教改革家。

2019年7月17日

（《中華日報副刊》，2020年5月4日）

布拉格廣場　攝影：曾忠仁

春日午後，來到薩爾斯堡
——致敬莫札特

春日午後，來到薩爾斯堡
站在跳躍彩色音符和奇幻雲朵
莫札特童年的家門前
在地導遊滔滔不絕講述
神童短暫如夢卻比朝陽燦爛的一生

遠遠自天堂傳來，創造奇蹟的樂音
土耳其進行曲，喚醒沉睡的童話
小小兵迅速列隊
自信踩踏人生的每一步
魔笛裡的夜后，再度復活
用招牌的高亢歌聲
擊碎黑暗穿透光
抬頭看見，眾神端坐雲端
齊奏第四十號交響樂

讚頌天上人間

回眸，夜之精靈以抒情慢板

散發愛與光的眼神，專注彈奏

第二十一號鋼琴協奏曲第二樂章

來不及完成，最後的安魂曲

撫慰哭泣靈魂的詩篇

整個宇宙正凝神傾聽……

春日午後，來到薩爾斯堡

流連大街小巷，一轉彎

愛笑的小莫札特隨時現身

靈活指揮跳躍希望的音符

帶領來自八方，朝聖的心

返回那座失去的樂園

後記：我在2019年5月11日，到奧地利與捷克旅行10天。親
　　　訪音樂神童莫札特的家鄉薩爾斯堡。

2019年10月12日

（《人間福報副刊》，2020年7月21日）

旅途中，遇見卡夫卡
與小約翰·史特勞斯
——奧地利與捷克記遊

在布拉格縈繞懷舊氣味的黃金巷
一間安靜如歲月的小屋裡
遇見傳說中的鄉村醫生
也看見躲藏牆角，那隻造型奇特
既荒謬又真實的變形蟲
爬啊爬啊使勁地爬
爬啊爬啊孤獨地爬

攀爬沉睡千百年的傳統高牆
爬向禁足自由與春天的窄門
終於爬出嚴冬統轄的陰暗人生
爬進現代文學
一座永遠屹立的城堡

在維也納，垂掛水晶吊燈與古典情調的沙龍
聆聽小約翰・史特勞斯的春天
一支支夢的圓舞曲
從維也納森林，甦醒
沿著多瑙河白雲的節奏
愉悅敲響藍色的奇幻旅程

此刻，穿越時光之河
從十九世紀傳來
藝術家的浪漫宣言
在皇宮、在市街、在廣場
從歐洲、到美洲、到亞洲
人心相擁而舞

甩開霜雪覆蓋的煩憂與悲傷
永不停歇地旋轉陽光

旅途中，朝聖的靈魂
交響著激盪著
沉重吶喊吶喊再吶喊
輕快迴旋迴旋復迴旋
現代與古典，絕版的二重唱

註（一）：奧地利作曲家小約翰·史特勞斯，被世人尊稱
　　　　　「圓舞曲之王」。重要代表作有〈藍色多瑙
　　　　　河〉、〈春之聲〉、〈維也納森林〉、〈藝術
　　　　　家的生活〉、〈皇帝圓舞曲〉等。

註（二）：現代文學大師卡夫卡，生於捷克布拉格。卡夫
　　　　　卡之家，位於布拉格黃金巷，他當年在這間小

屋裡，創作小說《鄉村醫生》與《變形記》；
現在是一家小書店，以販賣他的著作與相關的
紀念品為主。

2020年6月9日

（《笠詩刊》337期，2020年6月號）

訪哈爾施塔特
——奧地利記遊

5 月中旬了，小鎮仍低溫
來到傳說中的仙境
湖上飛舞細雨的詩
遠山飄渺煙嵐的夢

一間間旋轉幻想的童話小屋
甜甜唱醒兒時的歌
露天咖啡座的空椅
專心傾聽著
旅人悲傷或快樂的人生

不遠處，著名的老教堂尖塔
化身永恆的守護神
伸出指引的手臂
帶領著朝聖的眼睛

穿越歷史穿越迷霧

終於來到傳說中的仙境
暫時放下心頭煩憂
點一杯熱騰騰黑咖啡，小坐
湖上三兩隻白天鵝
划呀划呀，自在地划
划向遠方遼闊的天地

註：位於奧地利中部哈爾施塔特湖畔，哈爾施塔特，被稱
　　為歐洲最美小鎮。1997年，入選世界文化遺產。我和
　　先生於2019年5月11日，參加奧捷旅行團，5月12日造
　　訪這個人間仙境。

2019年6月2日

（《乾坤詩刊》95期，2020年秋季號）

photo by Chung-Jen Tseng

訪哈爾施塔特　攝影：曾忠仁

春天，你爽約嗎

今年的春天，爽約嗎？

今年的春天，爽約嗎？

（中英對照）

今年的春天，爽約嗎？

3月下旬了，從早到晚

打開網路與電視新聞

一座座被隱形病毒與白色恐慌封鎖的城市廢墟

一波波躲疫與被隔離的黑色人潮

不斷攀升，確診與死亡的紅色數字

海嘯般拍擊驚慌的眼神忐忑的心跳

攻佔每一根神經每一吋肌膚每一口呼吸

今天的春天，爽約嗎？

午後，走入公園的花季

裙花穿上彩色舞衣

隨著風兒的節奏搖擺青春

池塘裡的魚群，自在地游泳

在老樹身上爬上爬下

小松鼠結伴玩耍
四處覓食，草地上的鴿子
低頭啄起每一粒希望

忽然想起詩人流傳的名句
"If winter comes, can spring be far behind?"
「冬天來了，春天還會遠嗎？」
今年的春天，爽約嗎？
還在趕路
還在趕路

2020年3月20日
（《人間福報副刊》，2020年4月13日）

春天，你爽約嗎

Did the spring break the promise this year?

Did the spring break the promise this year?

Day and night,in the last third of March,

On the internet and TV news,

I see many city ruins blocked by invisible viruses and

white panic,

A black multitude of quarantined people,

And increasing red figures of confirmed cases and deaths.

Like tsunamis attacking frightened eyes and fearful

heartbeats,

They occupy each nerve,every inch of my skin and

every breath I take.

Did the spring break the promise this year?

In the afternoon,I walk into the flower festival of the park.

Putting on the colored dancing skirts,

Flowers swing youth to the rhythm of the winds.

Shoals of fish swim leisurely in the pond.

Climbing up and down in the old tree,

The squirrels play with their playmates.

Searching for food everywhere,the pigeons on the grass

Lower the heads and peck up every grain of hope.

A famous quote by a poet occurs to me:

"If winter comes, can spring be far behind?"

Did the spring break the promise this year?

Still on the way,

Still on the way.

2021/7/16

春天，你爽約嗎

攝影：曾光輝

武漢肺炎紀事

（一）

聞不出看不見聽不到摸不著
披上隱形黑披風
最新誕生，很致命的病毒兵團
從武漢出發，順利通關，大軍出境
入境香港澳門台灣日本韓國新加坡泰國越南柬浦寨
泥泊爾斯里蘭卡中東
入境美國加拿大法國德國芬蘭澳洲英國
最新入境印度菲律賓義大利
宣戰全世界

（二）

取代嚇跑年獸的春聯鞭炮
取代迎接新年的鮮花年糕
秒速竄升
春節最熱賣最缺貨，明星商品
薄薄一片口罩，卻扛起生死重任
為胖瘦高矮的身體抵擋病毒
為四處奔波的靈魂抵擋恐懼

（三）

一天二十四小時
像燃燒生命的蠟燭
不離不棄的醫護人員

溫柔守護病患的疼痛與呼吸
在醫院喧嘩或安靜的角落

過年了,久別的家人
等著圍爐

2020年1月30日

(《乾坤詩刊》95期,2020年秋季號)

親愛的，別哭泣
——為吹哨人李文亮醫師而寫

親愛的母親，別哭泣
讓我輕輕，擦乾您關不住的淚水
說不完的憾恨
親愛的愛人，別哭泣
讓我最後一次
擁抱妳日夜不安的牽掛
擁抱肚子裡即將誕生的希望
親愛的孩子，別哭泣
今晚我願走入你童話的夢裡
一遍遍哼唱催眠的兒歌
「乖乖睡，乖乖睡
我的小寶貝」

然後，我也要睡了
窗外，只有雪花無聲送行

寒冷與病毒仍緊密看守

被封鎖的城市與人心

但黑暗的盡頭

光已悄然成形

隱約聽見

微弱顫抖的哨音

用公理與正義標題

齊聲合奏愛的交響樂

吹破千萬層遮蔽吹散億萬團迷霧

越吹越沉重卻越響亮

親愛的，別哭泣

別再哭泣⋯⋯

註：武漢肺炎吹哨者李文亮醫師染疫，不幸於2020年2月7
　　日病逝，得年34歲。

2020年2月9日

（台灣詩學吹鼓吹詩論壇，2020年6月）

重生（中英對照）

在倫敦，一位中年男子
隔著隔離病房冰冷的玻璃窗
絕望看著親愛的母親
走得如此孤獨

在紐約，一位日夜堅守崗位
全力拯救病患的醫生
回家後哀痛發現，心愛的伴侶
走得如此孤獨

在西雅圖，一位九十歲老太太康復受訪：
本來完全失去食慾與求生意志
子女精心燉煮的馬鈴薯熱湯
溫暖她的胃與心

一位來台奉獻半世紀

義大利老神父含淚跪禱：

家鄉好多好友與同學已離他遠行

草草被卡車載去火化

求主保佑義大利

求台灣伸援手

網路上，被轉傳千萬次

義大利合唱歌曲「Rinascero,Rinasceria」

「我將重生

你也將重生」

看見明天過後

一輪金色朝陽

從飽受病魔侵襲眼淚淹沒

歷盡苦難與試煉的黑暗廢墟

鼓動巨石意志
奮力拍打鳳凰翅翼
再度飛翔

2020年4月4日

（《掌門詩學刊》77期，2020年7月）

春天，你爽約嗎

Rebirth

In London,a middle-aged man,

Through the icy window,

Desperately looked at his mom

Leaving the world all alone.

In New York,a doctor who did his duty day and night

To save the patients,

Sorrowfully finding,after going home,

His beloved had left the world all alone.

In Seattle,a ninety-year-old old lady was interviewed

after recovery.

At beginning,she lost the appetite and her will to live.

The potato soup her children had cooked patiently

warmed her heart and stomach.

An Italian priest who had dedicated himself to Taiwan half the century,

Knelt down in prayer.

Many of his good friends and classmates had been gone.

They were carried away to be cremated in a hurry by the trucks.

"May God bless Italy!

We ask Taiwan for giving a helping hand."

On the internet,an Italian chorus has been sung thousands of times,

「Rinascero,Rinasceria」

"I'll be reborn；you'll be reborn."

From the dark tears-covered ruins where the diseases

are attacking

And where we experience sufferings and tests,

I see a golden sunrise , the day after tomorrow,

Stirring up the will of a giant rock,

And flapping the wings of a phoenix,

Begin to fly again.

2021/6/20

春會
──觀迷火佛朗明哥舞團新春演出「鬥牛士的祈禱」

日光擁抱，春風親吻的廣場上
午後，一場歌舞饗宴正歡樂
口罩遮擋熟識與陌生的臉孔
遮擋不了千百顆，蹦蹦跳跳的心
一雙雙拜訪春天的眼睛
等候飛翔

台上，手持摺扇的佛朗明哥舞者
輕盈舞弄翩翩彩蝶
揮動披肩，瀟灑書寫雲之無心
敬邀火焰吉他與流水提琴伴奏
全新融入，滄桑如夢的吉普賽歌謠
搖擺靈魂，震撼天地的節奏
時而化作陣陣春風
迴旋迴旋復迴旋

時而暴烈如夏雨
奮力踩踏生命巨大的傷痛和陰影

曲終，集體高舉永不凋謝
鮮紅的誓言加倍昂揚鬥志
為病毒踐踏、恐懼統治的人間
祈禱平安，向藍天

註：2021年2月15日，農曆大年初四，下午四點到五點，
　　在中正紀念堂廣場，觀賞迷火佛朗明哥舞團的精彩演
　　出。女兒林語軒是表演舞者之一。

2021年2月18日

（《創世紀詩刊》207期，2021年6月）

舞者：林語軒　攝影：朱介英

春訊（中英對照）

被隱形病毒聯手冰雪寒流
日夜進攻
整座島嶼驚慌失措
唯杜鵑花不慌不亂
校園的安靜角落裡
將早春的訊息
一則則
熱力傳送

Messages of spring

Attacked day and night by

Hidden virus along with freezing cold wave,

The whole island was struck with a panic.

Only the azaleas remained composed

And earnestly sent

The messages of early spring

One by one

In the tranquil corner of the campus.

2020/2/13

（《秋水詩刊》184期，2020年7月）（改版新刊
No.24）

出走

陽光終於戰勝寒流
走出超級病毒的恐懼陰影
午後，再度出走
嚴冬統轄的園林
無聲彈奏著頹廢的樂章
仍有一兩株粉紅緋紅櫻花
雪白寒梅數朵
或淺笑盈盈
或暗香浮動
堅持擁抱青春，不凋的姿態

轉身瞥見，一對白髮夫妻
樹下賞花拍照，談笑間
踩著滿地細碎的光影與回憶
牽起扶持數十載，刻滿笑與淚的手

同心走向
早春的呼喚

2020年2月19日
（《人間魚詩生活誌》，春夏號2020 Jun.Vol.04）

那時，此刻
——致敬前線醫護

網路上，含淚聆聽
部桃醫護接力，歌唱〈手牽手〉
時光迅速倒流十八年
那時，歌手們用光明的歌聲
敲醒島民的心
不分職業不論性別不管顏色
手牽手，擊退病毒大軍

此刻，賣力歌唱的
換成前線作戰的醫護們
不停變種，無敵狡猾的超級病毒
密不通風，無法呼吸的防護衣
洗得紅腫破皮，頻頻抗議的雙手
始終掛在臉上，疲憊不堪的微笑
夜夜想念家人，孤單的心

都阻擋不了神聖似朝陽的願望
擊不碎堅定勝磐石，愛的目標

期盼島民的心，緊緊牽手
暴風雨過後
歌中預言的那道彩虹
終將再度降臨

2021年1月31日

（《笠詩刊》342期，2021年4月號）

氧氣瓶
——為印度祈禱

慈悲的神啊
請指引迷失的方向
請帶領絕望的腳步
金色陽光依舊灑落在恆河上
眼睛卻找不到通往光明的路

時間一分一秒耗盡
正如至親越走越盡頭
無法呼吸的脆弱生命
只要一瓶小小的氧氣
只要數口新鮮的呼吸
慈悲的神啊
哪裡買得到救命靈藥？
我願傾盡所有

時間一點一滴無聲流逝

垂死病床上，拼命掙扎

急待救援的靈魂吶喊

黑暗的世界聽見了嗎

遙遠的天空看到了嗎

慈悲的神，聽見了嗎

註：根據媒體報導，印度新冠肺炎疫情十分嚴重。

2021年4月29日

（《台灣詩學吹鼓吹詩論壇》四十六號，2021年9月）

島嶼紀實

（一）

不停變身，神出鬼沒的病毒
把擁擠著笑語、歌聲與隆隆車聲
熱愛飛翔的自由島嶼
鎖進一座大監牢
越夜越安靜

（二）

越爬越高的確診數字
不斷哭泣的死亡陰影
比天使更天使的醫護們
正以單薄生命與勇敢意志

日夜拚搏

戰場上，奉獻人間大愛

（三）

靈魂變成貓

徹夜清醒

囚禁的日子，耐心等待

黑色眼睛釣起

一輪金陽的盼望

2021年5月28日

（《人間福報副刊》，2021年6月22日）

中秋許願

溫柔的月亮啊
多麼盼望，疫情快快離去
雲般八方流浪的家人
終於團圓，像從前
一起遙想月宮千年神話
品嚐月餅甜甜笑容
撥開文旦暗藏的秋色
唱醒童年金色回憶

慈悲的月亮啊
多麼盼望
日常的家聚戲碼
各地重新上演
擁抱彼此的思念

含著充滿喜悅的淚
訴說別後種種⋯⋯

中秋前夕，遙望夜空
溫柔又慈悲的月亮啊
請聆聽共同願望
盼成全人間
長長久久，牽掛的心

2021年9月16日
（《創世紀詩刊》209期，2021年12月冬季號）

喜雨（中英對照）

不是救護車疾駛

呼嘯而去的身影

這一回，自囚禁半月的斗室望去

隔著善等待的窗

終於歸來，日夜思念

雨的救贖

整座城市仰起狂喜的臉

穿越漫長乾旱，火的焦躁

穿越嚴峻疫情，血的傷痛

謙卑傾聽

一聲聲來自天際，飽滿響亮

神的啟示

2021 年 5 月 30 日

Welcome the rain

Not the screaming ambulance passing by very rapidly,

At this moment,through the waiting window,

Imprisoned for countless days,

I am looking out of the small room,

Eventually comes

The rain of salvation

Which we have been missing day and night.

Raising the humble face

Through the endless drought season , anxiety of a
raging fire,

And through the severe epidemic, sorrows of blood red,

The whole city listens

To the thunder-like

春天，你爽約嗎

Revelation of God

Which comes from Heaven afar.

2021/6/18

（《台灣詩學吹鼓吹詩論壇》四十八期，2022年3月）

輯五

散文詩

春_天，_你爽_約嗎

國際新聞二則

（一）

　　鏡頭前，一位頭髮灰白，滿臉刻畫風霜的西班牙婦人泣訴：「染上新冠肺炎，65歲老公已離她遠行；醫生被迫選擇，把呼吸器給了44歲病患」。她聲嘶力竭哭喊：「兩人辛苦大半生，只想共度幾年安穩的晚年啊。救救西班牙！救救西班牙！」

　　窗外春陽燦笑，像用力踩踏的佛朗明哥舞者，我的眼睛滂沱大雨……

（二）

　　鏡頭前，比熱鍋裡的螞蟻焦急，雙眼爬滿黑眼圈的義大利市長，哽噎質問：「為什麼一直出去

跑步，變得熱愛運動！？為什麼頻邀鄰居開趴，變得敦親睦鄰？！」鏡頭快轉到一間不斷湧入往生者，擁擠著嘆息與告別的教堂，一根根白燭默默流著淚。

最後，鏡頭停格梵蒂崗空盪盪的廣場，除了幾隻鴿子不安地踱步，除了早春寒風例行的造訪。改以視訊禮拜，言辭吐露智慧花朵，心懷永生信念的教宗，帶領被烏雲與憂傷統治的信徒們，抬頭向陽光居住，彩虹守候的天空，謙卑祈禱。

2020年3月25日

（《人間魚詩生活誌》春夏號，2020年6月，Vol.04）

（收錄在國小《語文素養攻略》電子檔，南一書局出版）

奔馳
——給親愛的爸爸

　　日光傾斜的冬日午後，和漸漸告別記憶，八十八歲的爸爸打撈童年往事。問他是否養過寵物？「小時候養過一匹馬」爸爸回憶：「身經百戰，光榮退役的戰馬。」爸爸的眼睛自睡夢中甦醒，閃爍著星星亮光、草原遼闊的夢，飛躍著愛馬奔騰的英姿。「妳阿公找人蓋了一間馬廄，有兩個房間，我和馬朝夕相處。」

　　「有時，你阿公騎馬巡田，好久才巡完一大圈。黃昏，我騎著馬到學校，繞操場幾圈。」鮮明看見，爸爸瞬間變回成天追趕夢想的小男孩，奮力騎向未知的遠方；圍觀的夕陽、蝴蝶和風聲，跟著繞行操場，不停奔跑。

　　忽然瞥見，爸爸思念的眼睛裡，童年那匹心愛的馬，踩著比風輕快的腳步，從破曉出發，重返綠草歡唱的操場，巡禮稻穗金黃的詩篇，載著一生的

回憶與夢想，在無限延伸、漸漸黃昏的草原上，奔馳……

2021年12月17日

（《台灣詩學吹鼓吹詩論壇》四十五號，2021年6月）

我的父親母親　攝影：曾忠仁

春遊
——給親愛的媽媽（中英對照）

趁著天氣晴，春天正從冬眠中甦醒，讓我牽著您的手，漫步校園；慢慢走，慢慢看，杜鵑花紛紛穿上桃紅、雪白、粉紅芭蕾舞衣，跳一曲曲夢幻圓舞曲，轉呀轉呀轉呀轉呀，任時光轉回小時候。

一樣的春日午後，您牽著我的手，漫步鄉間小路上，「今天天氣好清爽，陌上野花香，青山綠水繞身旁，小鳥聲聲唱。」唱啊唱啊高聲唱，歌聲小鳥般展翅飛翔，搖醒偷偷打盹的白雲，搖醒天空悠長的午寐。

這回，您八十歲我已中年，重溫母女二重唱吧！邀兩旁的杜鵑花伴奏，樹梢的雀鳥和音，慢慢走，慢慢唱；讓往事帶路，陪童年回家。

2021年3月18日

（《人間福報副刊》，2021年4月7日）

春天，你爽約嗎

The Spring outing
(a prose poem)
——**to my mom**

Spring is waking up from the winter sleep on a sunny day. I'll hold your hand and let's stroll on campus. Walk slowly and look carefully. The azaleas in peach, snow-white and pink tutus are dancing a dream Waltz. They are whirling and whirling as time goes back to the childhood.

You held my hand and took a stroll on the country road in the same spring afternoon. The weather is fair and the wild flowers give out fragrance on the field. Surrounded by the green hills and the river, we hear the birds singing aloud. Singing , singing, singing aloud. The singing, like the bird spreading its wings, woke up the dozing white clouds and woke up the long nap of the sky as well.

This time, you are eighty years old and I'm middle-aged. Let's review the duet of mother and daughter. The accompaniment of the azaleas on both sides and the chorus of the birds in the trees are invited. Walk slowly and sing slowly. The past will lead the way and accompany the childhood home.

2021/7/20

圍牆

　　春日午後，城市巷弄裡，偶然路過一間重新翻修，日式老宅，用黑白琴鍵打造的圍牆，立刻吸引旅人趕路的眼睛。

　　叮叮咚咚，叮咚叮咚叮咚，琴鍵高低起落；跳躍著童年，單純透明的快樂音符；飛舞著少年維特，強說愁的灰色詩句；墜落哀樂中年，鹹澀汗水悲愴的淚；最後一章，命運交響曲沉沉奏響，咚咚咚咚！咚咚咚咚！沉痛叩問人生旅途，看得見和看不見的艱難苦恨！

　　春日午後，旅人和貼身影子都放慢腳步，耳朵叮咚著，牆裡牆外，一代代真實又虛幻，光陰的故事。

2021年3月30日

（《台灣詩學吹鼓吹詩論壇》四十六號，2021年9月）

公園深秋即景

　　一夜冷風苦雨。

　　晨起，成群的白鷺，從生態池畔綠樹的家，紛紛飛落風雨後，安穩新鮮的青草地上，構成一幅幅，相對又相融的和諧畫面。大花紫薇癡心守護夢的粉紫容顏，嬌羞絮語愛情詩篇。

　　至於野薑花，秋的代言人，渾身釋放濃郁香氣，正穿透匆匆路過，疫情期間，早已學會沉默的口罩族；再轉身搖醒，空椅上，看不見與看得見，一隻隻，沉思冥想的靈魂。

2021年11月9日

（《乾坤詩刊》101期，2022年春季號）

春天，你爽約嗎

週末午後，在虎尾厝沙龍

週末午後，在虎尾厝沙龍

連日雨不停
午後，陽光終於歸來
貼心吻醒古厝小小的午寐
彩蝶般飛舞而入的鮮花與朵朵笑語
久別後說不完的思念
把整座庭園也鬧醒了

此刻，捧著忐忑的鮮紅心跳
未來狂想曲登場了
才笑著說：好久不見。想念大家
淚就忍不住
完全融化，在老友與學生們
一張張勾起往事的笑容裡

最後，詩作「念故鄉」掏心朗誦
恍惚間，我變成詩中那隻雀鳥
飛過整座庭園專注的耳朵
飛過一旁竹林翠綠的凝視
穿越遼繞四週的花香草香書香茶香
飛啊飛啊舞啊舞啊
飛回糖廠那根早已打烊的煙囪

流浪多年的心
終於回家了
週末午後，在虎尾厝沙龍
在每雙喚回春天
載滿虹彩祝福的眼睛裡

後記：2020年5月30日，我回到家鄉虎尾，在曾獲票選全國
　　　第一名的獨立書店「虎尾厝沙龍」，舉行曾美玲詩
　　　集《未來狂想曲》新書發表會。很感謝家鄉師長、
　　　同事、好友與學生們的熱情參與！也很感謝虎尾厝
　　　沙龍，王麗萍辣董的邀約與費心規劃！僅以此詩記
　　　錄當時的感動！

2020年6月3日

（《台灣詩學吹鼓吹詩論壇》四十三號，2020年12月）

望鄉
──看電影「虎尾」

當海浪般起伏

綠油油的稻田

老家的紅磚圍牆

糖廠那根日夜守望，雪白的煙囪

從昨日的夢境

陸續跳入大銀幕

我的眼睛被燻熱了

模糊一大片

腦海清楚看見

數十年前，在一條無盡延伸

瘦瘦的田埂上

拉著向上風箏與廣闊夢想

不停奔跑奔跑奔跑奔跑奔跑

永遠不回頭的

童年

2020年4月13日

（《掌門詩學刊》77期，2020年7月）

其實，你從未離開
——給侄兒Wesley

一千多個白晝與黑夜
流水般無情離去
踩踏生活超速的節奏
像蜜蜂像螞蟻更像看不見的風
各自忙盲茫

總在萬物清醒的夏夜
遙望群星居住的天空
垂釣思念的那顆星
或在白霧徘徊的陽台
拾起幾粒早春
青翠的鳥聲
在深秋的黃昏
擁擠著寂寞的街道
在冬季冰冷的雨聲裡

尋尋覓覓
溫熱如火的回眸

五年了，生活各自忙盲茫
其實，你從未離開

2019年6月10日

（《人間福報副刊》，2019年7月29日）

媽媽教我的歌

小時候
愛唱歌的媽媽
教我唱星星般數不清的歌
「家、泥娃娃、造飛機、春神來了、小蜜蜂、只要
我長大
天黑黑、西北雨、野餐、甜蜜的家庭……」
比蟋蟀比蟬鳴響亮
快樂歌聲唱醒童年的夏天

長大後
數度徘徊十字路口
每當黑暗與憂傷悄悄降臨
總會想起小時候
我又變回懷抱童心與幻想的小孩
仰望異地陌生的夜空

忍不住輕輕唱起

一首又一首

一遍再一遍

媽媽教我的歌

2019年6月6日

（《台灣詩學吹鼓吹詩論壇》三十八號，2019年9月）

兒時記憶
——寫於媽媽82歲生日前夕

小火車從夢中奔馳過來
蔗糖的甜味母親的飯香
鐵橋下，烤地瓜的氣味和陽光熱吻
福利社裡，爸爸媽媽弟弟們和我
你一口再一口紅豆冰棒
我一口又一口花生冰棒
一根根吃不停的幸福滋味
一則則說不完的輕鬆笑話……

華爾滋般旋轉
記憶的舞池裡
甘甜的詩行間
轉啊轉啊轉啊轉啊轉啊轉啊
永不停歇……

2021年7月31日

（《台灣詩學吹鼓吹詩論壇》四十七號，2021年12月）

國中同學會
——給三年五班的老師與同學們

盛夏毒辣的太陽

阻擋不了歸鄉的心

重逢那一刻

時光秒速倒轉

回到四十五年前

那間偶而出現身夢裡的教室

那些年，我們正青春

花朵般的少男少女

害羞敏感，有時晴天有時下雨

心理暗藏一長串

不能說的祕密

講台上，老師們賣力教學

化身辛勞的園丁

培育一棵棵小樹

細心灌溉
耐心剪裁
也像黑暗中一盞盞明燈
指引著徬徨少年
迷路的眼睛

還記得運動會拔河比賽
全班一條心，奮戰到底嗎
還記得國二作業展覽
每個人發揮創意金頭腦
巧手打扮黯淡的教室嗎
還記得光復節晚上
提著五顏六色，自製燈籠
我們踩著皎潔月光
一起走過小鎮的大街小巷嗎

還有，日夜期待的國三班遊
還有，我因重感冒缺席的畢業典禮
親愛的同學們，還記得那一籮筐
青春的歡笑與失落嗎

隔了四十五年
今天，讓我們掏出一件件
遍佈灰塵爬滿思念的往事
在飄散咖啡香茶香
迴盪著清涼笑語的盛夏午後
細細啜飲
慢慢回味

註：我在2020年7月12日，返回家鄉虎尾，參加虎尾國中第
　　五屆同學會。隔了四十五年，見到久違的老師與同學
　　們，感到非常開心。

2020年7月14日

（《人間福報副刊》，2020年11月12日）

舊照片
——給國中同學們

一張泛黃舊照片
閃電打醒冬眠的記憶
四十五年前，青春正飛揚
陽光下，一朵兩朵三朵四朵五朵
二十多朵玫瑰，含苞待放
暗藏愛哭又愛笑的心事

除了讀不完，比山高聳的教科書和講義
除了寫不停，比海深奧的考卷與作業
共同的回憶檔案裡
是否珍藏粉紅色，交換的祕密日記
儲存租書店裡，耽溺幻想的文藝小說
以及偷偷許願的流星愛情
等待高飛的小鳥夢想？

合唱一曲當年的歌吧

像照片中的女生，姊妹般緊緊依偎

重新挽著堅定如磐石

純潔似白鴿的信念

如蝶翩翩飛舞一則則

永不墜落

夕陽的傳奇

2021年5月16日

（《人間福報副刊》，2021年10月8日）

請回答1978
──北一女光復樓的回憶

踩著思念的階梯
請陽光與微風帶路
返回闊別數十年的青春
一幕幕笑淚往事
猛然回頭

教師裡，老師們勝過蟬聲
滔滔不絕講課
搖籃著綠衣少女們
勤奮播種默默耕耘的大小願望
長長迴廊迴盪著，屬於十八歲
能說不能說，比星星閃亮
很擁擠的祕密
轉身瞥見，樓梯安靜角落
月考期考前夕

那個捧著書本與夢想
專心啃食的學子身影

家政課飄香數十年
咕咾肉、珍珠丸子、炒飯與蛋捲
貼在廁所牆壁上，當紅好萊塢男星
迷倒少女心的微笑
高三黑板上，倒數計時的醒目數字
最後一堂課，「珍重再見」離別歌聲
催逼導師和全班同學不捨的淚

數十年後，一幕幕往事
鮮明放映
從永遠年輕的舊相簿裡
一曲曲樂章，懷念彈奏

自昏黃燈光下，古老光復樓內外

2022年1月14日

（《人間福報副刊》，2022年4月19日）

紅樓小聚

連日陰雨的小鎮，忽然晴天
南方帶來的陽光與友情
精心打造，成一串金鑰匙
將濃霧與寂寞封鎖的古樓
巧妙開啟

整棟樓都醒了
專心傾聽著
久別重逢的笑與淚
沉默許久的嘴
變成愛說話的鳥
嘰嘰喳喳，年輕許多歲
聊著你的我的他的
各自奔忙的人生
搖醒共同回憶裡，沉睡的春天

海面上遠行多日的夕陽

終於歸來

加入談笑的行列

那天，紅樓小聚

一匙匙雪白往事攪拌黑咖啡

讓心細細啜飲

註：當年在虎尾高中的同事，燕惠、淑瑜、麗玉與先生黃
　　老師，專程從雲林與嘉義來台北，和我們夫妻和同事
　　淑娟，在淡水紅樓小聚。謹以此詩紀錄，好友難得的
　　重逢。

2020年12月15日

（《人間福報副刊》，2021年5月18日）

印象校園
──追憶虎中

金英館前面，那條經常走過的小路上
兩排低著頭，害羞安靜的羊蹄甲
春天一到，千萬朵粉紅的少女心
毫不保留地，歡唱

一年送走一年
綠色隧道總是豎起
知音的耳朵
耐心收藏青春的笑與淚

每到冬天最陰暗的盡頭
棚架上的炮仗花，野火般燃燒
搖滾金色的夢
吹響新生的號角

2019年8月24日

（《台灣詩學吹鼓吹詩論壇》三十九號，2019年12月）

英文課二重奏

除了聽說讀寫，全方位的語文訓練
除了單字片語句型，扎根的互動教學
高聲練唱，經典接力流行的歌曲
「You are my sunshine, Take me home, country road,
Red River Valley, Blowing in the wind, Silent night,
Seasoms in the sun, Sha La La, My heart will go on,
Way back into love, You raise me up.」
青春的歌聲點亮徬徨少男少女
被沉重課業綑綁
被濃密烏雲囚禁
渴望飛翔的心

分組創造，傳統對話現代的話劇
「Snow White, New Sleeping Beauty, New Cinderella,
Beauty and the Beast, Romeo and Julia, Titanic, The

Last Leaf, Love, The Story of Jing Ke, The Story of
Matsu, and so on.」
或巧妙變化情節
或大膽顛覆結局
公主與王子家喻戶曉的童話故事
羅密歐與茱麗葉，傑克與羅絲廣被傳誦的愛情
重現媽祖的民間神話與荊軻刺秦王的宮廷傳奇
溫習文學經典裡，永不墜落的最後一葉
邀舞蹈揭幕請鋼琴即興伴奏，現代愛情三部曲

千萬顆小星星輪番登場
賣力演出
在回憶的夜空舞台上
一閃一閃亮晶晶
永不謝幕

春天，你爽約嗎

後記：我當年從師大英語系畢業後，返回家鄉虎尾高中任
　　　教。謹以此詩，追憶二十八年，高中英文教學歲月。

2020年9月22日

（《乾坤詩刊》97期，2021春季號）

一位高中英文老師的日常
（中英對照）

二十八年，流水般清澈的日子裡
總以 "Good morning." "Good afternoon."
揭開每堂課的序幕
語言是幽深祕境
基本演練單字片語句型
融入食衣住行育樂，很生活的素材
搭檔火紅時事雪白詩行綠色童話
教室有時翻轉，變身大小舞台
英文歌、笑話、演講或話劇
輪流上演

二十八年，數著片片白雲
數不清的日子裡
出不完小考週考月考期考
改不停考卷作業日記作文

總在黑夜接班時
點燈備課，練習狂想
汲取天上群星的靈感
再跟月亮說 "Good night."
安心入眠

2020年5月5日
（《台灣詩學吹鼓吹詩論壇》四十二號，2020年9月）

The Routines of A Senior High School English Teacher

Like a crystal-clear river, twenty-eight years have passed by.

The classes were regularly begun

With "Good morning." or "Good afternoon."

There used to be basic practices of vocabulary, phrases,

sentence patterns and grammar.

Integrating the living materials of eating, clothing,

dwelling and transportation,

And cooperating with popular current news, snow-

white poems and green fairy tales,

Language is a deep and serene unexplored region.

Sometimes the classroom was reversed into a small or

large stage,

The English songs, jokes,speeches or dramas

Were performed by turns.

春天 ' 你爽約嗎

Like counting the clouds,

Twenty-eight-year countless days have passed.

Numerous quizzes, weekly tests, monthly tests and final examinations were given.

Endless test paper, assignments, diaries and compositions were corrected.

When the night worked a shift,

I used to prepare the lectures and practice fantasy by lightning a lamp.

Drawing inspiration from the stars in the sky,

And then saying "good night" to the moon,

I fell asleep at ease.

2021/7/30

| 輯七 |

青鳥遠行

青鳥遠行
——送別詩人蓉子女士

拍打一雙會飛的翅膀

青鳥遠行

臨行前，帶著維納麗莎的微笑

一朵向晚的青蓮，溫柔回眸

摯愛的人間與詩

重新打開

那把永遠不凋的傘

那朵自開自闔的花

躲進自在自適的小小世界

重新坐在妝鏡前

細心撫摸弓背的貓

撫摸看不見的寂寞與歲月

一顆久被紅塵擾亂的心

再度寧靜

青鳥遠行
拍打一雙會飛的翅膀
告別摯愛的大地
無牽無掛，飛向不老藍天
飛入永恆的國度

註：詩人蓉子女士於2021年1月9日逝世，享壽百歲。蓉子
　　是我非常喜愛的女詩人，生前著有詩集16本，其中，
　　〈青鳥〉、〈傘〉、〈我的妝鏡是一隻弓背的貓〉、
　　〈維納麗莎組曲〉、〈一朵清蓮〉等都是著名的代表
　　作。謹以此詩，表達深深的懷念，向前輩致敬！

2021年1月11日
（《中華日報副刊》，2021年1月15日）

讓風朗誦
——致詩人楊牧

那年春天，我二十歲
一顆敏感帶刺，脆弱的少女心
被強說愁的濃霧包圍
被情感的包袱壓傷
在風光明媚的大學花季
在嚮往流浪的水之湄
搖動出發的槳
來回擺盪意象的燈船
搖啊盪啊搖啊盪啊
終日徜徉溫暖的湖面
半醉半醒，忍不住寫詩
小心翼翼，藏好
一封封青澀害羞的祕密
偷偷請風朗誦

多年後的一個深秋

在花蓮太平洋詩歌節

見到您與海岸七疊裡

最美麗最有美麗的新娘

太平洋的謠傳海嘯

永恆的濤聲中

鼓起勇氣，向神情專注

陌生又熟悉的您，獻上感恩：

「您的詩，陪伴徬徨少年時

明燈般照亮迷路的青春」

聽說您正雲般遠遊

跨越時光

抵達一切的峰頂

我將珍藏數十年的詩

從心裡掏出
自記憶喚回
混雜笑與淚
遠逝的青春與夢
全部平放在溫暖的湖面
讓風一起
安靜朗誦

註（一）：《水之湄》、《花季》、《燈船》、《海岸七
　　　　　疊》與《時光命題》是楊牧先生的詩集。
註（二）：（我把妳平放溫暖的湖面／讓風朗誦）、（不知
　　　　　6月的花蓮／是否又謠傳海嘯）（妳是家鄉最美
　　　　　麗／最有美麗的新娘）與（靜／這裡是一切的
　　　　　峰頂）是楊牧先生的詩句。

2020年4月22日

（《台灣詩學吹鼓吹詩論壇》四十二號，2020年9月）

春雷的歌唱
——送別詩人管管老師

這一回，不是坐著春天的花轎
您乘著五月的風聲
瀟瀟灑灑離去
耳畔清晰響起
一聲宏亮一聲
春雷的歌唱

在詩裡在畫裡在戲中在江湖
總是以太陽的狂放笑聲
以熱愛遊戲的彩色童心
輕鬆抵擋生命的狂風巨浪
管荷花管泥土管天空管宇宙
還念念不忘
趁熱，燙一首首詩送嘴
送進每顆渴望溫暖的心

這一回，騎著時間的快馬

您笑著離去的背影

正如那一屋屋的荷花

綻放永恆清香

台上一曲曲春雷的歌唱

正如六朝怪談的不老傳奇

星空中燦爛播放

註：詩人管管老師，在4月30日在家中跌倒昏迷，5月1日離
　　世，享壽92歲。《燙一首詩送嘴，趁熱》是管管老師
　　最新詩集，《春天坐著花轎來》是他的散文集，〈荷
　　花〉是他的代表詩作之一，《六朝怪談》是管管老師
　　早期的電影作品。

2021年5月5日

（《中華日報副刊》，2021年5月11日）

閃閃的淚光魯冰花
——送別作家鍾肇政先生

聽說您在睡夢中
離開將近一世紀，摯愛的家鄉
告別滿山遍野，綠色的茶香
告別開了又謝
謝了又開的魯冰花
（閃閃的淚光魯冰花）

猶鮮明記得，天才小畫家的故事
被發掘又被埋沒
流星般殞落的悲傷結局
千千萬讀者與觀眾的眼睛裡
閃著痛惜與不捨的淚光
（閃閃的淚光魯冰花）

憶及徬徨少年時，徹夜拜讀
《濁流三部曲》，史詩般壯闊
一冊接力一冊，綿延土地鄉情
激盪著人間悲歡
讓心又笑又泣
（閃閃的淚光魯冰花）

請您安息，永恆的夢土上
魯冰花會加倍燦放
三部曲將高聲傳唱
在現代文學不歇的大河裡
在每個台灣人踏實走過，母親的土地上
（閃閃的淚光魯冰花）

註：「台灣文學之母」，作家鍾肇政先生，於2020年5月16
　　日逝世，享年96歲。《魯冰花》、《濁流三部曲》與
　　《台灣人三部曲》是鍾先生著名的代表作。

2020年5月18日

（《中華日報副刊》，2020年5月23日）

星星、獅子與百合花
——敬悼《乾坤詩刊》創辦人藍雲老師

那天，聽說您悄悄遠行
重新採擷
詩集《袖珍詩鈔》裡小詩朵朵
暗藏芬芳智慧與澎湃哲思
也細細溫習
夾在時光書頁裡
一行行，載滿祝福與期望
永不褪色的信息

此刻，您已飛進眾神的國度
孤獨的獅子不再孤獨
高掛天邊
一顆以愛與慈悲命名的的星星
指引著被陰影與虛無統轄的人心

而在乾坤的園地裡

千千萬萬粒

賣力揮灑過的汗水

一串串晶瑩如珍珠

發人深省的詩

都將化作山谷裡的白合花

永恆地歌唱

註：《乾坤詩刊》創辦人，詩人藍雲老師，在2020年6月離
　　世。〈星星〉、〈獅子〉與〈山谷裡的百合花〉，是藍
　　雲老師相贈的詩集《袖珍詩鈔》裡，精緻深刻的小詩。

2020年10月27日

（《中華日報副刊》，2020年12月21日）

詩集、小火車與冰淇淋
——送別卡夫

記得五年前你來台灣
我們約好見面
那天，看見高大的你牽著一個小男孩
大眼睛裡住著純真天使與好奇精靈
點菜時，我問：「一諾愛吃什麼？」
你笑著回答：「他無肉不歡」

談笑中，得知你愛現代詩成癡
景仰許多當代台灣詩人
便自告奮勇充當半日導遊
帶你到誠品書局最大的信義店掏寶
走進書局，直接朝唯一目標「中文現代詩」專區
進擊
你挑詩集的速度，快如閃電似風
一本一本一本接力一本

我推薦的，加上自己喜愛的
寶貝似揣在懷裡
買下一大疊安靜的詩集與詩論
開心對我說：「新加坡書店裡的台灣詩集，貴蠻
多！」

下一站是兒童專區，幫一諾買玩具
你指著正在奔跑的小火車，說：
「一諾最喜愛托馬斯小火車」
我早已忘了，給一諾買了什麼玩具
但永遠記得你說話時
眼神散發慈父的關愛和光輝

最後一站是美國冰淇淋
盛夏午後，一邊吃冰

一邊看一諾用畫筆構築童話王國
你仍滔滔不絕談詩
談台灣文學對你的啟蒙與影響
談你對自由台灣的愛和嚮往
你病重時，曾對留言慰問的我和詩友說：
「期待再來台灣，吃冰淇淋！」

聽到你正要遠行的消息
剛好又來到信義誠品的「中文現代詩」專區
往事一幕幕鮮明播放
只想對你說：
生命雖只是一首詩的長度
你的詩，永遠
活著
呼吸在所有愛詩人的夢裡

後記：新加坡詩人杜文賢，筆名卡夫，因罹患胰臟癌，努
　　　力抗癌五個多月，仍不幸於2019年10月18日離世。
　　　卡夫生前曾多次來台，積極參加台灣的詩社：野薑
　　　花詩社、台灣詩學吹鼓吹詩社、乾坤詩社、台客詩
　　　社與掌門詩社，也很熱情參與許多詩的活動。

2019年10月18日

（《台灣詩學吹鼓吹詩論壇》四十一號，2020年6月）

野薑花的回憶
——送別劉藍溪

雪白又純潔
野薑花的回憶早已走遠淡去
正如妳早已脫下彩色戲服
脫下紅塵的虛幻與真實
決志披上一襲素樸袈裟
穿越微風細雨的溫柔呢喃
穿越北風的高亢呼嘯

頓悟萬事如夢幻泡影
小雨中，陽光下
靜坐，終成一朵
圓滿自在，微笑的蓮

註：劉藍溪，原為80年代的玉女偶像歌手與電影演員，1991
年決志出家，法號「道融」。代表歌曲有〈小雨中的回
憶〉、〈野薑花的回憶〉、〈風兒別敲我窗〉、〈微風
細雨〉、〈北風〉等。2022年1月10日於美國舊金山智
藏寺圓寂。

2022年1月24日

（《中華日報副刊》，2022年2月7日）

春天，你爽約嗎

┃輯八┃

點燈

點燈

「陳俊朗爸爸
　李承翰警員
　謝謝您們的愛
　愛著這片土地
　❤❤❤❤❤」

那一刻
台北的夜空
島嶼的夜空
全世界的夜空
一宇宙的夜空
都亮起來
集體流淚了

完勝跨年煙火

最創意的演出

最燦爛的宣言

溫暖撥亮

被黑暗與冷漠深鎖

始終懷疑愛的存在

一朵兩朵三朵四朵五朵……

千千萬萬雙潮濕

迷霧的眼

註：台北101大樓外牆，7月7日晚上，打上簡短文字與愛心
　　圖案，向在7月3日，英勇殉職的李承翰警員，與在7月
　　4日，因心肌梗塞病逝的台東「孩子的書屋」創辦人陳
　　俊朗先生，致敬。

2019年7月8日

（《創世紀詩刊》202期，2020年3月春季號）

太魯閣號出軌紀事

（一）

一年前，台鐵集團婚禮上
挽著新娘忐忑的心跳
年輕司機許下雪白誓言
呵護一生一世
死亡瞬間奪走幸福人生

（二）

牽手九歲與六歲女兒
快樂春遊
臉上綻放陽光笑容的爸爸
抱緊停止心跳

蝴蝶般美麗脆弱的寶貝
兩眼茫然，隧道陰暗的角落
等候光的救援

（三）

音樂系甜美女孩
再也無法穿上夢想禮服
畢業公演的舞台上
完美彈奏
浸潤千斤汗水與萬噸眼淚
邀太陽見證請星星陪伴
熬練幾萬個黑夜白晝
準備展翅高飛的
夢

（四）

一位幼小男孩，
跌坐骨折重傷的奶奶身旁
黑暗深淵，除了哭泣還是哭泣

風速衝進隧道
身穿白袍的骨科醫師
把他緊緊攬在懷裡
串串暖心的話
拭去滿臉驚恐的淚

2021年4月24日

（《笠詩刊》343期，2021年6月）

返鄉
──哀悼太魯閣號出軌的罹難者

大清早，天空剛剛醒來
拖著輕簡行李和前晚未睡飽的夢
手裡握著好不容易購得的車票與沉甸甸思念
七點十六分，火車和春陽準時出發

搖啊搖啊搖啊搖啊
晃啊晃啊晃啊晃啊
搖搖晃晃的車廂
搖搖晃晃的鄉愁
剛line媽媽報平安
四個小時後，回到大山大海擁抱的家
飽嚐日思夜想的家鄉菜
在虔敬莊嚴的族人歌舞裡
焚香祭拜祖先，祈禱平安

車過羅東
九點二十八分，快要駛進清水隧道
緊急剎車、劇烈碰撞後
出軌的夢驚恐尖叫
黑暗黑暗黑暗黑暗黑暗
暗黑暗黑暗黑暗黑暗黑
重重包圍的黑與暗
找不到出口
逃不開噩夢

離鄉多年的遊子啊
再也看不到日夜等候的都蘭山
再也回不去卑南溪畔
擁抱媽媽呼喚的歌聲

註：2021年4月2日，台鐵太魯閣號408車次，從樹林站出
　　發，終點站在台東。在進入清水隧道時，被一輛滑落
　　的工程車擊中，發生出軌意外，造成49人罹難。

2021年4月4日

（《乾坤詩刊》99期，2021年秋季號）

給天上的爸爸媽媽
——為921大地震的孤兒而寫

親愛的爸爸媽媽，您們好嗎？
二十年的歲月無聲無息地流逝
遠在天上的您們
必定日夜牽掛著孩兒的成長
正如我永不止息的思念

清楚記得當年，驚天動地的強震
震垮成千上萬溫暖的家
年僅八歲的我，從黑暗的深淵拼命爬出
廢墟裡，以顫抖的雙臂
緊緊擁抱最後的身影
絕望中，四處尋找散落的照片
含淚找回月光般慈愛的笑容

親愛的爸爸媽媽

時間治癒身上的大小傷痕

卻無法癒合暗藏內心

白色的遺憾與滾燙的痛

但我已茁壯成一棵樹

學會以勇敢的姿態加倍感恩的心

重新擁抱缺憾的人間

遠在天上的您們

請微笑

2019年9月19日（寫於921大地震二十週年前夕）

（《笠詩刊》334期，2019年12月號）

小麗的故事

在都市公園僻靜的小路上
遇見一隻保育類灰面鵟鷹
一位懂鳥語的清潔工人說：
她叫小麗
她的媽媽來自遙遠的低海拔山區
多年前，驚慌逃離
被濫砍與盜採部隊入侵
被土石流大軍進攻
變色的家園

穿過一座座迷霧叢林
飛越連綿的荒漠遼闊的海洋
歷盡命運的冰與火
風刀雨箭的反覆試煉
終於覓得一處避難所

安居下來
生下了她和弟妹

這是小麗的故事
悄悄拍下可愛的身影
以詩以愛，為她祝禱
平安快樂地長大！

2019年11月26日
（《人間魚詩生活誌》，秋冬號2019年12月
Vol.03）

動物悲歌二題

（一）北極熊

氣候變遷下，全球燒燙燙

連北極圈都高燒攝氏48度

四處找不到浮冰

飽嚐飢餓的大白熊

踩著越來越瘦

越來越

瘦

搖搖欲墜

悲傷的影子

正在宣告，滅絕

（二）沙漠獅

被人類慾望大舉遷移
家園越縮越小
荒漠僅存一百多名
曾經睥睨曾經風光
至尊王者
充滿黑暗的眼神裡
苦苦獵不到獵物與亮光

蹣跚踱步飢餓的黃昏
哀
哀

呐
喊

2021年8月18日

（《乾坤詩刊》100期，2021年冬季號）

姊姊在這裡
──為五歲敘利亞小女孩莉涵而寫

親愛的妹妹，不要怕
姐姐在這裡
使盡全身力氣與愛
伸出即刻救援的右手，抓住妳
單薄如紙片的衣角

親愛的妹妹，不要怕
當砲彈大雨般落下
愛笑的家，瞬間倒成千萬塊
不停哭泣的瓦礫
聽不到媽媽的月亮搖籃歌
卻聽見爸爸在遠處
一聲比一聲絕望的尖聲呼喊

全身動彈不得的我

仍奮力伸出心急的右手

將妳搖搖欲墜的

生命，牢牢抓住

親愛的妹妹，不要怕

姐姐在這裡

後記：2019年7月24日，敘利亞伊德力卜省遭到政府軍攻
　　　擊，陷在瓦礫堆中的五歲女童莉涵，伸出右手，揪
　　　著就要陷入瓦礫堆的妹妹的衣服。莉涵送醫後不治。

2019年7月28日

（《人間福報副刊》，2020年1月3日）

戰爭素描
——為烏克蘭祈禱

飛彈戰機殺氣騰騰，滿佈夜空
警報聲如暴雨，此起彼落
擁擠地鐵站裡，滿臉驚恐
吃著餅乾對抗飢餓的孩童
紅著眼眶，不斷泣泝的清秀女孩
默默低頭禱告的白髮老人
慌亂的大街上，含淚送別妻兒
準備以生命捍衛家園的男人

這些不是小說的虛構情節
也不是戰爭電影的畫面
一幕幕催淚故事
真實上演，在烏克蘭
比天災更無情的砲彈蜂火
正炸毀平靜家園和微小幸福

戰士與親人，一個個沉默死去
焚燒著全世界關注的心

2022年2月26日

《台灣詩學吹鼓吹詩論壇》49號，2022年6月

｜輯九｜
新書發表會

新書發表會

在詩集《未來狂想曲》發表會
在即將熄燈，聖誕前夕的飛頁書餐廳
從愛出發，揭開雪的心事
女兒沸騰的佛朗明哥舞蹈
輕快踢醒冬眠的夢
季之莎團隊或 solo 或齊誦
千變萬化詩的容顏
配樂奔馳天地間，自由的鼓聲
灌醉台下專注的眼與耳

八十歲媽媽不老的紅色歌唱
來自師長、家人和知音
白色祝福加倍愛的祈禱
還有憶萬顆潛伏內心
星星般數不清

詩的狂想，從年輕到老年
從遠行的過去到遙遠的未來
永不熄燈

2019年12月26日（網路新詩報）

烏來詩人
——敬賀詩人麥穗90大壽

數十年來
烏來早已是最彩虹的家
會說泰雅話的您
也早已化作那道廣為流傳的
瀑布，日日夜夜
以源源不絕的靈感
以永不停歇的詩行
唱啊唱啊唱啊唱啊
從山上到平地
一路嘹亮唱醒
森林的綠色神話
跳啊跳啊跳啊跳啊
迴旋激盪一曲曲
紅塵的聚散悲歡

後記：詩人麥穗先生，本籍上海，數十年來，居住烏來，
會說泰雅話，著有詩集《我歌泰雅》。高齡九十歲
的詩人，至今仍創作不輟。

（《中華日報副刊》，2019年10月14日）

比西里岸之夢
——北美館觀畫家江賢二回顧展

灰岸沉鬱的人間荒原
東飄西盪，孤影般流浪數十年
終於在故鄉，東海岸放羊之地
重返心的明亮淨土

聽到部落母親原始的呼喚
海洋對話天空
喧嘩與沉默的交響詩
當陽光掙脫黑暗的牢房
當海浪搖擺囚禁的靈魂
一個新天堂樂園誕生了

比西里岸之夢
睡在東海岸廣闊的搖籃裡
醒在燃燒光爆破熱

自由旋轉藍色狂想金色晨曦
滿載彩色花香與澎湃濤聲
一幅幅重獲新生的畫作裡

註：旅居紐約長達30年的畫家江賢二，2007年，在台東金
　　樽覓得一片依山面海的理想之地，自建工作室；2008
　　年，正式定居於此。《比西里岸之夢》系列是他長居
　　台東，最早發展的一個系列。「比西里岸」是阿美族
　　語，原意為放羊之地，也是部落之名，位於今日台東
　　的三仙台一帶。

2020年5月22日
（《台灣詩學吹鼓詩論壇》四十三號，2020年12月）

陽光普照
——電影「陽光普照」觀後

陽光很公平，照在每個人身上
同時存在，遍地開花的陰影
但親愛的，不要質疑
上帝靠近傷心的人
生與死都暗藏玄機
扮演偽裝的祝福

當離別意外降臨，來不及說再見
親愛的，千萬啊不要過度哭泣
陽光終將穿透綿密烏雲
重新普照心的黑洞

2020年5月7日

（《創世紀詩刊》204期，2020年9月秋季號）

立冬下午茶

雙層舒芙蕾的雙倍解憂密方
熱水果茶的神奇養顏神話
細細碎碎，小鳥般
妳一言我一語
說不完的心事
笑不停的淚

窗外，陽光從厚重雲層裡
竄出
金蛇般盤據
黯淡多日的心

2021年11月8日

（《乾坤詩刊》101期，2022年春季號）

家電二題

冰箱

默默奉獻青春，時時刻刻
將食物的千百種容顏
記憶裡家的味道
完好冷藏或耐心冰封
把日常生活的酸甜苦辣
持續保鮮

電視

從黑白到彩色
一台長著翅膀的夢
載著熱愛冒險，喧鬧的童年

穿越浮雲般聚散離合的人生
轉眼降落
忠心陪伴老年，孤寂的荒原

2021年1月25日
（《野薑花詩集季刊》37期，2021年6月）

黑貓與白貓的日常

大家好
我是黑貓阿仔喵
最喜愛獨自站在窗邊
睜亮琥珀色大眼睛
凝望外面的花花世界
跟路過的小鳥、車子、飛機與風
悄悄話
專心垂釣夜空裡
暗藏億萬年
星星們的祕密

大家好
我是白貓 Killuwa
曾是到處流浪的小貓
常常被大貓狗吠被怪獸嚇跑

被狂風暴雨與冷漠人心驅趕

現在的我，高音唱醒太陽和月亮的夢

地板上，自在翻滾千百回

最喜愛躺在疼愛我的主人懷裡

呼嚕呼嚕呼嚕呼嚕

睡大覺

2019年7月27日

（《台灣詩學吹鼓吹詩論壇》四十號，2020年3月）

春天，你爽約嗎

攝影：黃建中

結婚三十五週年紀念日

已經珊瑚婚了

還閃爍著紅色的愛情嗎

當我們舉杯，向 35 年婚姻致敬

眼前掠過一幕幕的人生

主角是柴米油鹽醬醋茶

主角也是鹹鹹的汗苦澀的淚甜甜的笑

鮮明似朝陽，模糊如舊夢的往事啊

調味詩歌音樂舞蹈旅行和狂想

已經不直說愛了

但在女兒私 line 的祝福與愛的貼圖裡

我們微笑舉杯：

Happy Wedding Anniversary!

2019 年 10 月 25 日

（《人間魚詩生活誌》，秋冬號2019年12月 Vol.03）

假日公園寫生

已深秋了，陽光仍夏天
吻醒小草懶洋洋的夢
擁抱野薑花纏綿的香

草地上男男女女
把久居斗室
發霉的心事
把潮濕陰暗的祕密
全倒了出來
赤裸裸躺臥一萬年

小徑上，兩隻不相識的小狗
你嗅嗅我，我咬咬你
熱情地打招呼
大樹下，擲飛盤捉迷藏打羽毛球

孩子們遊戲的童年
再度奔跑

已深秋了
天空與整座公園依舊豔陽
精神抖擻地
照亮心的低谷

2019年11月17日

（《創世紀詩刊》205期，2020年12月冬季號）

雨中散步

午後，走出城市的喧囂
獨自散步雨中
公園小寐的夢境

把這裡當成家
老樹上盪鞦韆的松鼠
草地裡踱步啄食的鴿群
池塘中漫遊的野鴨與白鵝
池畔，站立沉思的小白鷺們
全部無懼斜風細雨
無視零星路過
好奇的眼神與空洞的謠言

這一刻
整個世界的寧靜

重新降落
我日漸傾斜的肩膀

2020年10月15日

（《Waves生活潮藝文誌》14期，2021 autumn）

公園裡愛唱歌的鵝

午後，住在生態池的兩隻鵝
搖搖擺擺，結伴出遊
草地上高聲歌唱
「嘎嘎嘎　嘎嘎　嘎嘎嘎　嘎嘎」
金色歌聲震天動地
打破整座公園的寧靜

輪椅上的老爺爺微笑著
娃娃車裡的嬰孩笑出串串銀鈴
年輕的情侶綻放玫瑰笑顏
午寐的小草和小花全都仰起頭
綠頭鴨和白鴿爭相加入遊行隊伍
久違的冬陽拉開烏雲的窗簾
跟著開懷大笑
趕路的時間放慢腳步

被現實與瑣事牽絆
因疫情憂愁的心，忍不住
「嘎嘎嘎　嘎嘎
嘎嘎嘎　嘎嘎」

2021年1月26日
（《乾坤詩刊》98期，2021年夏季號）

花季

花季登場的公園裡
杜鵑花、繡球花與薰衣草都是鏡頭下最佳女主角
俘擄所有拜訪春天的眼睛
但匆匆旅人啊，別冷落
角落那簇安靜的黃水仙
喚醒古老的神話
也別錯過，樹籬上的石冠木花
眨著小星星的眼睛
害羞地打招呼

明天過後
花朵將一一凋謝
永遠不凋的，是長駐心底
盛開的歡顏

是復活詩行間
纏綿的香氣

2021年4月1日

（《創世紀詩刊》208期，2021年9月秋季號）

我心雀躍（中英對照）

我心雀躍
當我看到久別的彩虹
在雨後台北昏睡的天空
忘我地迴旋飛舞

飛啊飛啊舞啊舞啊
飛入不分顏色，臉書的動態
飛回早已失蹤
擁抱天真的童年
再飛向遨遊千萬里
讓心自由的未來

整年被轟炸的耳朵
被黑暗的眼睛
被迷路的心
瞬間，明亮

My heart leaps up

My heart leaps up
When I see the long-lost rainbow
dancing and whirling whole-heartedly
In the sleeping sky of Taipei after the rain.

Flying,flying,dancing and dancing,
Fly into the movement of the Facebook where all
colors exist,
Fly back the long-lost innocence-hugging childhood,
And fly towards the future when the heart will travel
thousands of miles and get free.

The ears bombarded
The eyes darkened

And the heart lost the whole year

Brighten, in a flash.

2020/1/16

（《秋水詩刊》183期，2020年4月）

【附錄】
文本內聯網的狂想曲：
讀曾美玲〈週末午後，在虎尾厝沙龍〉

余境熹（香港詩人、學者）

曾美玲在2020年5月30日回到家鄉虎尾，於書店「虎尾厝沙龍」舉行《未來狂想曲》的新書發表會，事後寫下〈週末午後，在虎尾厝沙龍〉一作，銘誌當時的感動：

> 連日雨不停
> 午後，陽光終於歸來
> 貼心吻醒古厝小小的午寐
> 彩蝶般飛舞而入的鮮花與朵朵笑語
> 久別後說不完的思念
> 把整座庭園也鬧醒了

此刻，捧著忐忑的鮮紅心跳
未來狂想曲登場了
才笑著說：好久不見。想念大家
淚就忍不住
完全融化，在老友與學生們
一張張勾起往事的笑容裡

最後，詩作「念故鄉」掏心朗誦
恍惚間，我變成詩中那隻雀鳥
飛過整座庭園專注的耳朵
飛過一旁竹林翠綠的凝視
穿越繚繞四週的花香草香書香茶香
飛啊飛啊舞啊舞啊
飛回糖廠那根早已打烊的煙囪

流浪多年的心
終於回家了
週末午後，在虎尾厝沙龍
在每雙喚回春天
載滿虹彩祝福的眼睛裡

　　先從題目說起，〈週末午後，在虎尾厝沙龍〉和
《未來狂想曲》中的〈週日午後，在大稻埕〉非常相
似。據〈週日午後，在大稻埕〉的後記所述，該篇是因
女兒「親自編舞與指導，帶領五十位女生，穿著旗袍，
熱情跳著佛朗明哥舞作『卡門』」的精彩場面而寫。到
了〈週末午後，在虎尾厝沙龍〉，「女兒」的身份換置
到曾美玲自己身上；她以「女兒」的姿態登場，相對應
地，其故鄉便扮演起「母親」的角色。

　　何以見得？接看詩的首節，曾美玲說「古厝」是
由「陽光」吻醒，並有「彩蝶」、「鮮花」等襯托其美
好，這種佈置和《未來狂想曲》裡〈美好的一天——獻
給媽媽〉實在如出一轍。〈美好的一天〉寫母親生日，
先說「天上的太陽起了一大早／地上的蝴蝶與花穿上彩
色衣裳」，然後便表示要「獻上太陽與花與蝴蝶」給母
親作賀禮。不僅如此，曾美玲〈週末午後，在虎尾厝沙
龍〉首節稱對故鄉有「久別後說不完的思念」，這也呼
應〈美好的一天〉對母親有「言語道不盡的愛」。凡此
種種，悉見曾美玲是以等同於「母親」的形象來書寫家
鄉的。

　　復舉一證，在《未來狂想曲》裡，曾美玲〈寫給家

人的情詩〉第二首寫道：「四處流浪的蝴蝶／日夜尋找夢中的花園／有一天，回頭望見／遠方的夜空／高掛星星的淚，一閃一閃／是媽媽的思念／照亮回家的路」，其中即把「回家」和「媽媽」相聯。從首句的「四處流浪」推斷，該詩的「回家」乃指游子返回故鄉[1]，可見曾氏素來有把「故鄉」和「母親」對位的想像。明乎此，〈寫給家人的情詩〉所提及之「蝴蝶」、「花園」，復見為〈週末午後，在虎尾厝沙龍〉的「彩蝶」、「庭園」，一切是那麼順理成章、自然熨帖。

　　按〈週末午後，在虎尾厝沙龍〉後記，熱情參與新書發表會的有曾美玲的「家鄉師長、同事、好友與學生們」。在該詩第二節，曾美玲先是對他們說「好久不見」，心裡非常「想念大家」。曾氏於2011年退休，並從虎尾搬到台北，中間雖多次回雲林，但如〈重返虎中〉等詩所示，她總有「久別」故鄉的感覺，此可謂一日不見，如隔三秋，自有對土地濃厚的依戀。至於「想念大家」，曾美玲在〈重返虎中〉記述再次跟「昔日的同事」見面，又寫在圖書館牆壁上讀到舊作〈春之

---

[1]　〈週末午後，在虎尾厝沙龍〉尾段言：「流浪多年的心／終於回家了」，再次印證了此處的說法。

序曲〉，於是以「詩」象徵自己，道出「詩從未遠離／
一如回憶與思念」，表示內心一直沒離開家鄉校園的友
朋。從這些地方可見，〈週末午後，在虎尾厝沙龍〉的
「好久」和「想念」乃是一直延宕在曾美玲腦海中的、
對故鄉故人的深情，絕非一般演講會上的場面話；而讀
者通過跨文本的比照，應可更深入體會曾氏的心音。

　　〈週末午後，在虎尾厝沙龍〉的第二節還寫到
「笑」和「淚」，這當中既有作者的「笑著說」，也有
聽眾們「一張張勾起往事的笑容」，而曾美玲的「淚」
則是徹底「融化」在這兩種「笑」之中。簡單理解，這
一「笑」一「淚」自屬曾氏歡欣、激動情緒的混合表
現；進深一點，「笑」和「淚」的含義則可借《未來狂
想曲》中〈老師的回憶〉再加發揮：

　　　　多麼陽光的操場
　　　　奔跑著青春與夢想
　　　　奔跑著汗水，眼淚和笑聲
　　　　對面等候著
　　　　擠滿學子誦讀師生對話
　　　　配樂一首首情歌

穿插一齣齣話劇

那一間反覆出現夢裡

永不熄燈的教室

　　在〈老師的回憶〉裡，曾美玲因長年任教虎中，
其「回憶」滿是師生的「眼淚和笑聲」，而這些「笑」
與「淚」又觸動了她對校園「情歌」（情誼）、「話
劇」（往事）的種種具體懷思，「反覆」點亮其心靈，
以致「教室」的歲月光影彷如「永不熄燈」，持續活現
於眼前。到〈週末午後，在虎尾厝沙龍〉，那「陽光終
於歸來」的虎尾厝沙龍和昔日「陽光的操場」，以及目
前發布會師友共聚的場面和當初校內「擠滿學子誦讀師
生對話」的情景，兩者並置，多麼相似！曾美玲於此又
再「笑」、「淚」交融，非獨對應了「老友與學生們」
之「勾起往事」，更暗寓了延續虎中「眼淚和笑聲」
的特別詩思──發布會傳遞的，就是那盞「永不熄」的
「燈」，就是曾氏的「青春與夢想」，盼望聽眾都來，
在「一首首情歌」、「一齣齣話劇」裡共同「奔跑」！
　　析說至此，可知〈週末午後，在虎尾厝沙龍〉的
首節蘊含愛鄉之情，次節則寄寓了對師友學生的思念且

暗帶期許。這兩個主題在詩的第三節得以匯流，並因之推出全篇的高潮——曾美玲在第三節說自己「變成詩中那隻雀鳥」，藉想像振翅，「飛回糖廠那根早已打烊的煙囪」，這兩個片段實都取自同節首行提及的〈念故鄉〉：「糖廠那根早已打烊的煙囪／還在和雀鳥們閒聊，昔日的榮景嗎？」但與第三節互涉的文本不僅僅有〈念故鄉〉，「鳥」的意象更出現在〈重返虎中〉裡。〈重返虎中〉這樣形容畢業的學生：「像一群追風逐夢的小鳥／學生們早已飛向自己的天空」，當中的「飛」指離開學校、離開家鄉，略近於〈寫給家人的情詩〉第二首的「四處流浪」。其實，不只學生，退休後遷往台北的曾美玲何嘗不是「飛」離了虎中校園和雲林？因此，曾美玲和眾多虎中生員的形象是能夠疊合的。那麼，〈週末午後，在虎尾厝沙龍〉的曾美玲能夠化身為「鳥」，「飛回」家鄉，開拓了「自己的天空」的芸芸學子亦一樣，日後無論走得多遠，依然能「飛」返故園，或從泥土支取力量，得著安慰，或貢獻一己之力，回饋家鄉——新書發表會的參加者，不知有否聽出曾美玲別富深意的「鳥」鳴呢？

這場《未來狂想曲》的發布會開始之前，曾美玲

是略為緊張的，〈週末午後，在虎尾厝沙龍〉第二節便自言「捧著忐忑的鮮紅心跳」，並非全然鎮定。無他，如同《未來狂想曲》的〈演講前後〉所述，曾美玲素來「自我要求完美」，每每在演講之前，她的心就會「湧入一波波／起伏的浪花」。

　　到發表會畫上句號，回頭審視，曾美玲的這場演出是否成功？答案是肯定的。曾美玲〈演講前後〉提及「知音的光亮眼神」，另作〈漂鳥歸鄉〉談到聽講座的學生有「飛舞蝴蝶與夢的眼神」，從參與者的投入程度，人們便能判斷發表的內容生動吸引。到〈週末午後，在虎尾厝沙龍〉，聽眾們亦張開「專注的耳朵」，給予「翠綠的凝視」，這都從側面烘托出發表會的精彩。

　　更重要的是，如前所述，〈週末午後，在虎尾厝沙龍〉乃與〈週日午後，在大稻埕〉互聯，後者寫女兒的舞蹈演出贏得滿堂喝采，「隨著音樂的節拍，翩翩飛舞」，能夠「在大稻埕的秋日午後／舞成一道最青春的／彩虹」；在虎尾厝沙龍，曾美玲也形容自己如「飛啊飛啊舞啊舞啊」地演出，且能在其他參加者眼中「喚回春天」，使他們雙眸「載滿虹彩」──細加注視，即可看出曾美玲是以「舞」和「彩虹」對照女兒的佛朗明

哥，在虎尾厝點染的「春天」，足以平分大稻埕「秋日」的顏色。

前面提到，參照〈美好的一天〉、〈寫給家人的情詩〉等篇，可知曾美玲是把家鄉視作「母親」的。故此，她以「女兒」的角色回到虎尾時，就想起在大稻埕獻舞的女兒，並「自我要求完美」地做出一樣精湛的表演。〈週日午後，在大稻埕〉的後記說曾美玲為女兒「深受感動」，家鄉這位「母親」，應該也對「女兒」曾美玲深深地動容。

曾氏〈週末午後，在虎尾厝沙龍〉寫的既是《未來狂想曲》的發表會，本文就以《未來狂想曲》為比讀之書，串連〈漂鳥歸鄉〉、〈重返虎中〉、〈演講前後〉、〈美好的一天〉、〈老師的回憶〉、〈寫給家人的情詩〉及〈週日午後，在大稻埕〉等篇，析說詩作的裡裡外外。一方面，盼望能呈現一首詩的廣度深度；一方面，亦透露曾美玲詩篇是演示「內互文性」（intratextuality）的上佳例子。「未來狂想」一下：曾美玲再作演講時，或許也可分享這種建構「文本內聯網」的心得呢。

（野薑花詩集季刊第36期）

春天，你爽約嗎

語言文學類　PG2832　台灣詩學同仁詩叢10

春天，你爽約嗎

作　　　者／曾美玲
主　　　編／李瑞騰
責任編輯／石書豪
圖文排版／黃莉珊
封面設計／陳香穎

發 行 人／宋政坤
法律顧問／毛國樑　律師
出版發行／秀威資訊科技股份有限公司
　　　　　114台北市內湖區瑞光路76巷65號1樓
　　　　　電話：+886-2-2796-3638　傳真：+886-2-2796-1377
　　　　　http://www.showwe.com.tw
劃撥帳號／19563868　戶名：秀威資訊科技股份有限公司
　　　　　讀者服務信箱：service@showwe.com.tw
展售門市／國家書店（松江門市）
　　　　　104台北市中山區松江路209號1樓
　　　　　電話：+886-2-2518-0207　傳真：+886-2-2518-0778
網路訂購／秀威網路書店：https://store.showwe.tw
　　　　　國家網路書店：https://www.govbooks.com.tw

2022年11月　BOD一版
定價：350元
版權所有　翻印必究
本書如有缺頁、破損或裝訂錯誤，請寄回更換

讀者回函卡

國家圖書館出版品預行編目

春天,你爽約嗎 / 曾美玲作. -- 一版. -- 臺北
市:秀威資訊科技股份有限公司, 2022.11
面; 公分. -- (語言文學類;PG2832)(台
灣詩學同仁詩叢;10)
BOD版
ISBN 978-626-7187-11-1 (平裝)

863.51   111013424